岩波現代文庫／文芸 206

増補 幸田文 対話（上）

父・露伴のこと

JN282551

岩波書店

目次

〈下巻目次〉

ふたつの椅子

対談者　高　田　保

高田　どうぞ、お平らに……と言いたいんですがね、女の方と対座するとそう言えないんで困ります。

幸田　初めっからそんなことを仰しゃって……。

高田　しかし女の人もあぐらをかいてくれるといいと思うんですよ。そうなれば男女の間がラクになると思うんです。

幸田　あたくし、子供の時から姿勢を正しくして座れっていわれて、――あたしね、たいへん姿勢が悪かった……。で、物差なんか背中へ入れられたりして、それで自然とこういう癖がついてしまいましてね、親類中で揃って法事なんかある時、あたし一人が威張り返ってるような形なんですの。

高田　では、おラクにとは申しません(笑)。……お父様は……露伴先生は始終座っていらっしゃいましたか。

幸田　いいえ、あぐらもかきました。年とってからは、あぐらをかきますと腰が痛いらしいんですね、座っておりましたけど……。座相がいい人と行相がいい人と、いろいろあるんだそうですね、座ってる姿もよくならなければいけないって言われたんですの。

高田　ぼくなんぞ座相は悪そうだナ。立相もよくないがね。しかし今日は女の方の前だから精々気をつけることにしましょう(笑)。

幸田　それじゃ、女の端じに認めていただいてるんでしょうか……。

高田　わたしは女の人に叱られたことがありましてね。それは以前にもあった言葉かどうかしらぬが、思いついたまま女類という言葉をつかったんです。神様の次に人類があって、その次に女類、それから獣類がある――。そういうことを座談会でしゃべりました。するとすぐ森田たまさんに怒られましたよ。

幸田　女は人じゃございませんの？

高田　それはね、こんな話なんですよ。神様が人類大会を開いた時に、女の代表者を呼ばなかった。女の連中が怒って「わたしたちもマン(人)ではないか」と押掛けた。神様は女の人に逆らっちゃ大変だと思って困っちゃって「ウーウ……」と唸っちまったんですね。「神様、わたしたち女はマンじゃないんですかっ。」「ウー、マンだよ。

ウーマンだよ。」これがウーマンという言葉のはじまり。だから、ウーマンは女類と訳さなければウソだといったんですよ(笑)。

幸田　じゃ、女と男とどっちがお好きなんです？　女類はおいやですか。

高田　どういたしまして(笑)。

幸田　わたくし、男のほうが断然好きです。まあ、花だの雲だのっていうものも大好きなんですけども。

高田　わたしだって花や雲よりも人間の方が好きですよ。

幸田　人の中では男が好き。なぜかっていうと、男の人って、よく判らないこと、いっぱいあるんですよ。だから好きなんですよ。女の人って、こうじゃないかナって、いくらか判るような気がするから……。

高田　男がわからないというのは、男がバカだからですよ。きっとそうですよ。幸田さんがお書きになったものを見ているとそういう気がするんだが……。

幸田　とんでもない(笑)。

高田　いえ、そうみえていいんですよ、男は同性の奴からバカにみられると憤慨しますが、異性からだと笑ってるもんですよ(笑)。

幸田　わたし、若い時ね、十六か七くらいな時分、何か男の方って詰らないような気がいたしましたのよ。あのぅ、男の方の悪いとこばかり探して、一生懸命アラ探しみたいなことしちゃ、詰らないような気がしたんですよ。――だから、あとで罰が当ったと思ってるんです。

高田 それはあなた御自身の気性からですか、それとも露伴先生の娘という環境からですか。

幸田 あたくし、そばにいながら、お父さま、嫌いだったんです。あんまり好きじゃなかった……。後ではたいへんいい父だと思ったんですけど、その頃は父が荒れてましてね、ひどくってね、それから推して、男の人は楽しいものだと思いませんでした。今の十六、七の娘さんたちっていうのは、たいへん男の人が好きなように見えますけどね、あたしのその時分は、家庭がそんな環境だったせいですか、あんまり男の人、好きじゃなかったんです。でも、十九、二十……。だんだん来ると、早く結婚がしたい、男の人に愛されたいと思ったんですけどね。

高田 わたしの知っている、今年十七の娘さんに、男の子のひどく嫌いなのがいます。なぜ嫌いなのって聞くと、男は人間じゃないっていうんですよ。

幸田 まあ、男類ですのね(笑)。

高田 バカで下品で、どうして神様は男なんていうものをこさえたのかって怒ってるんですよ(笑)。精神的にひどく濁ったもの、ひどく純潔でないものを男に感じているんです。だが、それを見ていてちっとも不自然なものは感じませんね。いやなものは事実男にあるんですよ。つまり人間にね。それをまだ人間にならない少女が直感的に見ぬいているんですよ。

幸田　あたしにね、今年二十一になる娘がいますんですよ。ちょうど戦争の時に大きくなった子供でござんしょ？　戦争が終ったらお母さんと子供っていうより、お友達のような、もう一人前に認めてしまわなけりゃならないようになってしまって……。だからいさかいなんか、深く遺っちゃ、なんて思うもんですからね、お互に気もちの悪い時は遠慮し合って、庇い合って、あまりひどいことにならないうちにやめちゃうんです。

高田　あなたが独立した一人の女になった時分と、お嬢さんが一人の女になろうとしてる今と、御覧になって、非常に違うものをお感じになりますか。

幸田　ええ、あたくし、ずいぶん違うように思います……。それに、あたしと娘は生みの親子なんですけど、あたしが育ったのは育ての母とあたしなんです……違ってます、ずいぶん。

高田　わたしは子供がないんで、親になった経験が全然ないんです。これは人生としては一つの不足だと思うんですが、去年、縁があって野良犬を飼いましてね、家族の一員みたいにして育ててみて、子供を持つということは怖いものらしいと思いましたね。というのは、犬にさえ、こっちの性格が反映するんです。これが血のつながったわが子で、赤ん坊からずっと育てた場合と考えたらちょっとやりきれない気がしました。

幸田　自分のおもかげ、そういうのを見た時は、とっても頭下げる気もちになりますね。子供に申訳ないとかいうことじゃなく、じっと考えたくなるような……。あたくしの通りのことをやるんですもの。ほんとによく似てるんですよ。

高田　幸田さんなぞは血筋というものがハッキリ判ると思うんですよ。お父さんからズッと来て、今お嬢さんに続いてる……。

幸田　はあ、その血っていうこと、あたくし、何にも考えなかったんですけども、ヒョッとそれが気になり出したら、とても怖くなりましてね。

高田　それへの反撥と、愛着と、どっちが強うございます?

幸田　あのう、亡くなるまでは父に反撥でした。

高田　わたしは学生時分に父を亡くして、これは平凡な父ですけれども、父に似たくないという気もちがわたしなんぞも非常に強かった。やっぱり反撥ですね。これが年五十になると、面差しや、気もちの動き方や、物の処置の仕方なんかにまで、親父の亡霊がハッキリ感じられて来る事があるんですよ。昔はそれが堪らなかったのに、今は平気で是認できますね。だがわたしに子供があった場合、その子がわたしに似ていたら平気でいられそうもない。

幸田　あたしの子供は、あたしが父の二分の一とすれば、孫ですから四分の一っていう薄さになってるわけですけど、お祖父さんによく似ている所が、大変ございます。勿論あたくしともよく似ている……。顔はあたくし、父にあんまり似ておりませんそうですし、あたしの子供はもっと離れてるらしいんですの。それだのに、することというものは、手つきから何から、そっくりなんですね。それを見ると、あたくし、ずいぶん怖いと思うんです。

高田　逃れることの出来ないものを感じますね、血筋、家……。

幸田　あたし、父が嫌いだったのは、子供の時から、お父さん、鉄拳制裁したりするんですもの。

高田　女のあなたに……?

幸田　ええ。あたくし、あんまりお転婆で言うことを聞かないものですから、すぐパッと来るんです。それでずいぶん反抗したんです。でも、反抗と懐かしさとが互い違いのようにございました。憎むだけなら簡単だし、こんなにお父さんのこと思わないけども、懐かしさがやりきれないんです……。死んでから余計わたし、父と一緒にいるような気がしています。

高田　お父様のことに触れてお書きになったものを拝見すると、何かこう、非常に切ないもの、何といったらいいのかナ。懐かしいお父さんとして甘えもし甘えさせもしていながら、同時に突放されてるといったようなあたりまえでないものですね。

幸田　あたくし、父の話を聴いてると、とても怖かった。チャリンてやられると、すぐチャリンて受けなきゃいけない、怖いやり取りでした。ふだんはそうでなくても、ひとつ改って叱られる時なんぞ、下手にマゴマゴ言おうもんなら、怒りが受け答えの下手さで倍になるらしい……。こっちはなおヘドモドしちゃう。それが父をあおってカーッと怒らせるんですね。こわござんした。――で、教えられることが覚えられないで、ただ逃げて来ちゃう。

高田　あなたがお小さい時分に、洒落本なんかを読ませたりなすったと聞いたんですが、外国文学は読めと仰しゃいましたか。

幸田　あたしの家にはそういう書物が少いんです。買ってくれなかったたし、あたしも弟も買うっていう気もちは、ちょっともなかったんです。で、家にある範囲しきゃ手が出ない。後に国民文庫っていう、外国のものを翻訳した、きれいな本、父がその中のプルタークの英雄伝か何かの仕事をしたんですね、その本が来た時は、何でもいいから初めから読めって……。一体に読書のことはちょっとも干渉しませんでした。みんな、あたしが自分で勝手に……。

高田　洒落本や人情本も？

幸田　はあ、あたしが二十か二十一の年に引越しまして、今度はたいへん狭い家で、書斎がない、書物は無駄だからって、牛車だか馬車だかに一杯、売っちゃったんです。その時、軟らかいものはみんな売っちゃったらしいんですね。

高田　まだ人生的なものに何にも触れてない時分に、徳川期の戯作本をお読みになって、さて世の中へ出て男の人を見た時分には、頭の中に描かれてた男というものと実際とが、ずいぶん食違ったものに感じられたんだろうと思いますがね。

幸田　父の所へ来る男の人っていうのは、みんな年取った人ばかりで、ちっとも面白くなかった。今のように自由にあっちこっち歩けませんでしたし、家へ来る人たちは、みんな一と癖あるような人でした。若い娘の興味をひかないような人ばっかりでした。

だって、あたくしが十五くらいな時分に、木綿の紋付で袴をはいて、髭を生やした三十五、六の人ばかりでしょ、面白くございませんでしたね。

高田　どこかの雑誌の座談会で辰野隆博士が今日出海君や永井龍男君と話して、あなたを非常に褒めていらしった。その中で、露伴先生にもそれがあったが、説明を抜いて、それが人に通じない場合、それを説明するのは野暮だと考えてるらしいが、それは棄てたほうがいい、と仰しゃってるの、お読みになりましたか。

幸田　はあ、あたくし困るんです。普通の言葉だとあたくしの思うことが、そうじゃないらしいんですね。こないだの『女性改造』のも、あたしは「啐啄《そったく》」という題をつけたんです。そうしたら字引にない言葉だって叱られちゃったの。「あとみよそわか」も、わからないというんですけど、あたしの家で何かっていうと「あとみよそわか」(唱うように)……。何か失敗すると、「あと見ろ」というでしょ？　それにお経の「そわか」をつけて「あとみよそわか」と言ってたものですから、ヘンな言葉だと思わなかったんです。「啐啄」も何か言われた時にすぐ解らないで「どうして？」なんていうと、「さっと判らなきゃチャンスが逃げちゃう。啐啄同時でない奴だ」って。しょっちゅう言われていたんです。

高田　そんなのは特別な家庭ですよ。とにかくあなたの育てられた環境は、決して並のものじゃなかったんですよ。

幸田　たしかに並じゃないかもしれません。あたし、父のいやさ、こわさに反抗して……。まわりの人もどっちに同情していいんだか判らないでハラハラしてる……。父はバッタリ悪くなるまで衰えなかったんです。その父から、言わないで判るのが上等って教えられてた。でも、父がいなくなってから、それまでは何でも父の蔭へかくれて済んでたけど、そういかなくなってみると、あたくし、世の中はトコトンまで言わなけりゃハッキリしないんだっていうことがわかって来た……。だから、あたし初めはどうしていいか判らなかった。そして悲しかった……。言葉では教えられたわけじゃないんですけれど、何も言わなくて通じるっていうのが、最も余韻のある楽しいことっていうふうにあたしは父から感じ取っていましたから……。

高田　その以心伝心はあなたと先生と二人っきりの世界のものですよ。あなたは世界に二人とないその相手方に消えられておしまいになったんだ。

幸田　父は年取ってもフレッシュで、身体も若うございました。そりゃ八十のおじいさんですから、脚も細くなって三角に骨立っておりましたし、ここら(肩のあたり)だって衰えていたんですけれど、でも、皮膚もつやつやして、あたしよりガサガサしていないんです。ずいぶん違う身体だったと思います。あたくし、父の身体のこと、ずいぶん興味持っていました。父も興味を持っていたんですよ。生きるのと死ぬのとの境いはどうなのかっていうんです。例えば大怪我なんかして出血して貧血死する場合、それはガタッと死ななくて、だんだんに死んでいくんですね。そういう経験をした人に会ったりすると、しつこく聞いてましたよ。それであたくし、このお父さんがどうやって死んでくだろうって思ったの。別に研究のためとか何とかいうんじゃなくて、ただお父さんは生きると死ぬとの身体の境いはどうなるかということに興味を持ってたから、この親父が死んでいく時はどういうふうになるかしら、あたしは見たい、そう思ってたんです。それだのに、その時になったら、あたし、お父さんを救けたいんで気もちがいっぱいになっちゃった……。ハッと気がついた時には死んじゃってて、あたし、どういうふうに死んでったか、見なかった。ただ親子っていう気もち、お父さんを救けたいっていう気もちよりなかった……。あそこんとこ、あたし、やり損なっちゃったと思ってるんです。みんなは、よく看病したからいいじゃないかって慰めてくれたんだけど、もう時を失っちゃった、ダメだと思って、今でもいやな気もちなんです。

高田　ふむ……。

幸田　ほんとに二度やることの出来ない時を逃がしちゃった。詰んないことをしたなアって思うんですよ。で、あたしの子供に、お母さんはお祖父さんのような人じゃないけど、死んでいく時はよく見ててねって言ってるんです。どんなふうになって死んでいくのか、たいへん興味があります。父の意識が少しおかしくなったナと思った時、あたくし、ドキドキしたんですよ。死ぬまでチャンとしていないで、ヘンな、お父さんじゃないものになっちゃうと思って、びっくりして、キョロキョロ見たんだけど、おんなじ身体なんですよ。だから何にも見ることが出来ないわけなの。あたし、その脳の中を覗いて見たい、開けて見たいって思ったんです。だけど、そんなこと、出来ることじゃないじゃありませんか。呼吸してる人の脳の中なんか、見ること出来ない。……だけど、あたし、そんなことを感じるって、異常だっていうんでしょうか。そうなるのが当り前なんだか、異常なんだか、よく判らない。それで困るんです。あたしには、どこからどこまでがなみで、どこから先きがなみじゃないのか、判らなくなっちゃうの。「啐啄」なんて字引にない言葉を使って、と言われると、ああ、そうだと思うんです。だけど、「啐啄」っていう言葉はなみじゃないのかしらん。それじゃお父さんはなみじゃないヘンな人なのかしらん、そう思って判らなくなっちゃうんです。

高田　なみじゃない。たしかになみじゃないといえますね、そのなみじゃないお話をもっと聴かせて下さい。

幸田　この頃どうも違ってると思うのは、あたし、薪割ることなんです。あたし、刃物って怖くて嫌いだったんです。それだのに薪割るっていえば、大きな鉈《なた》を振わなきゃならない。それをやらされた。ああいう教育って、確かになみじゃないんですね。あたしがその話をすると娘が「じゃ、テストしてみるわ」って、ごく軽い気もちで鉈を持って来てポカンてやる。割れないんですね。見ていられないから「こうやったのよ」って、あたしがやって見せると、ポカッと割れるでしょう。「へーえ、ずいぶんヘンね。そういうのをお祖父さんがうしろにいてやらしたの？　ずいぶん違ってるわね」っていうんです。でも、その薪割りさせられたのが、たいへん役に立ったんです。我慢すること、いやでもそれを自分のものにしちゃうこと、どのくらい役に立ってるか判りません。その鉈っていうのが父の好みの鉈でね、ふつうは鋭角ですね、それが鈍角に刃があって、手で触ったって切れないくらい、刃がついてないんです。それを振りかぶって、デーッとやるんですよ。あたし、怖かった。いやだった……。うしろに立って見てて「そんなことやれないで、何をウジウジしてる」って……。どういうんでしょう、あれ。反抗した一つの理由なんですけど。

高田　伺えば伺うほど結局、露伴先生っていう人がなみじゃなかったわけだが、その大変ななみでなさ、これは先生のお書きになったものを読んだだけでは判りませんね。

幸田　お釈迦さまの御一代記を話すと、みんな有難いって聴いてるけど、中には居睡りしてる婆ァもある。ましてや詰らない人が自分の一生を書いたって仕様がないから、自分は自分の伝なんていうものを書いて遺そうなんて思わない。そんなことを言ってました。——それをあたしが今書いてるから具合が悪いんです(笑)。

高田　書くなといっても書かずにはいられぬと思うな。あなたのお気もちとしてね。……一つの御回向だとおもいますよ、それもなみでない……。

幸田　あたくし、一生の中で一番よかったのは、死なれた後の二、三日でした。すうっとして、空っぽになって、宗教的とか何とかというよりも、自分が木とか草とか虫とかと同じものになって、その時にいくらか謙遜になれたかと思っているんですけれど……。死ぬ前後ですから、あの時ぐらいゴタゴタしてる時ってないんですけど、あの時ぐらい穏やかにいられた時はないんです。その時来ていた人たちに言わせれば、文子さんは凄い馬力だったたって……。

高田　木とか草とか虫とかと同じになったから、馬力が出たんですよ。

幸田　あのう、話が違うんですけれど、父はいってました。仏さまの前へいってお辞儀するんだったら、チャンとお辞儀してくれ、フワッとやるな、お前たちは形をこさえて、それから中身が出来ることがある。

高田　つまりシツケということでしょうね。

幸田　それから後のことですけれど、あたしがお嫁にいって、そこで生活に困るようになった時に、お姑さんが店の者の仕着せ、あれを呉れたんです。着物がみんな質屋へいっちゃってるから。あたし三十の時だから、いやだと思ったんです。父の所へいってぼやいたら、ユニホームだと思って着ろって。

高田　ユニホーム、なるほど、たった一語ではっきりわかりますね。

幸田　あたくし着ました。こまかい縞の着物で、今でも記念に取ってあるんですけど、それに酒屋の前掛をキュッと締めると、チャンと形になるんです。それを着た時、こうなったら三橋さんの奥さんは今日でおしまい、酒屋のおかみさん、とそう思った……。前掛に白い印しが付いてる、それをキュッと端折《はしょ》って、お酒の瓶を提げてさ。あのお酒って、ほんとにつれないもんですよ。抱えてると、冷たい、冷たい。ジーンと来るんです。飲めばあんなに陽気に温かくなるのに、持ってるつれなさ……。

高田　酒は持つ物じゃない、飲む物ですよ(笑)。

幸田　ちょっと置き方が悪かったりするとバーンと壊れちゃう。ずいぶん情ないと思いました。それでも奥さんなんですね。おかみさんになり切れない。どこへいっても奥さんて言われちゃう。それじゃ商売にならないんですよ。一生懸命おかみさんになろうと思って、ついになれなかった。その時分、泉鏡花さん、小村雪岱さん、ああいう方に買っていただいて……。里見(弴)さんが気の毒に思ってくださるんですけど、商売が下手で後が続かないんですよ。あたし、ほんとに御恩に思っています。その後、あたし、玄関で障子張ってたら、ヒュッて入って来られて、「里見です」って、向う様から先に仰しゃられたんで、あたし、いつか一度はお礼を申上げなけりゃと思っていた方だのに、その方が見えたら何にも言えなかった。際立ってお礼にいったりするのはよくないって父が言いますから、いつか、いつかと思ってたんです。それが去年でしたか、またお目にかかる折りがあって「あの節は有難うございました」って申上げたけれど、涙が出そうで……。酒屋はラクではありませんでした。若かったから腕力なんかは堪えたんですけど、結局、お嬢さんの仕事でしかなかったんです。

高田　その頃、飲みやのお店をお出しになる話があったんじゃなかったんですか。

幸田　出したかったんですけど、資力がないし、第一、美人じゃないから、それが決定的だって言われちゃった(笑)。正直なことを言えば、露伴の娘だという宣伝価値をチャンと知ってて、お酒も廻してやろう、面倒を見てやろうって、そういう人に付かれちゃうと、ニッチもサッチもいかなくなるんです。それでやれなかったんですよ。

高田 ぼくの友人の酒呑みが、どこだろうと探してましたよ。露伴先生につながる酒ならワルい筈はないといいましてね(笑)。ところでなみでないあなたに月並な質問だが、御趣味は?

幸田 それが困ってるんです。何にもないんです。父も晩年に、空襲の時分でしたけれど、お前は何か楽しい道を覚えて喜びを持つ生活をしてたほうがいいって、一緒になっていろいろ考えてくれたんです。だけども結局どれもダメな奴だなアっていうことで、おしまいになっちゃった……。何かするっていうことでは、ほんとに寛大でしたね。三味線を器用に弾く人があって、あたしの娘がおぼえたいっていったら、それじゃ来て上げましょって来るようになった。そういうことはとても寛大で奨励するんです。そこへ食いついたんなら、いくらでもやれっていうんです。そうして襖仕切りで、片っ方で父がお酒を飲んでると、こっちで「〽して来いな」ってやってる。父がいるから遠慮しちゃうと怒るんですよ。芸事は調子はずれでも何でも大きな声を出してやるから覚えるんだ、恥かしいからこそ覚えるんだ、もっとやれって、襖の向うから声をかけるんですよ。自分も一緒になって「へして来いな」ってやるの。

高田　そのお話でやっとホッとしました。さっきから、なみでなさすぎる露伴親子というものに圧迫され続けていたんですが、それで息がつけました。ありがとうございます。

＊　＊

たかた・たもつ(一八九五—一九五二)　劇作家・エッセイスト。著書に『ブラリひょうたん』『青春虚実』など。

父と娘

対談者　小堀杏奴

小堀　久しぶりね。

幸田　ほんとに……。どうしてらっしゃる？

小堀　ええ……。あなた忙しいんでしょう？　『露伴全集』の編纂で……。ときどき遊びにゆこうかな、と思うんだけど、なんだか忙しいだろうと察して遠慮しているの。

幸田　なにしろたいへんな仕事ね、全集の編纂というのは……。その間にいろんな書きものを頼まれるでしょう？　今になって、父がわたしを手離さなかったわけがわかるわ。わたしは家の玄関と父の書斎とを完全に遮断することが出来たものね。玄関で話をつけて、原稿の依頼をお断りしたり、父をわずらわさなかったわ。断りの名人だったのよ。そのかわりあの娘は生意気だなんていわれたけど……玉子(幸田玉)にはそれが出来ない。お客に会ってしまうと、わたしは、またなかなか断りがいえないたちなんで……。きょうの対談だって、やっぱりそうなの、とうとう引き受けちゃったわ。

小堀　わたしもね、幸田さんのご都合がよかったらゆきましょう、ということにしたんだけど……。(幸田女史の右手の掻き傷を見て)おや、それどうしたの？

幸田　猫なのよ。家の小猫に掻かれちゃったの。アッという間に……。みっともないでしょう？　玉子が「お母さん、そんな手で出かけるの、勇敢だなァ」って……。

小堀　小猫はすぐひっ掻くのね。家のはもう大きくなったから大丈夫。

――今、鷗外先生の展覧会をやっておりますが、ご覧になりました？

小堀　めったに外に出ないものですから……まだ見にゆきません。なんだか銀座に出るのがこわくて。ですから用事があって出てきても、すぐ電車で新宿まで帰ってきて、そこで落ちついた気分になるんです。

幸田　お父さんので残っているのがたくさんあるの？

小堀　兄(森於菟)のところにはあるでしょう。兄は台湾から引揚げてくるとき、ずいぶん向うにおいてきたの。荷物に制限があるし、持ちだせないでしょう？　それをなんとかしてこちらへ貰いたいといって運動しているところなんだけど……父のデスマスクとか原稿などもあるしね。ずいぶん好意をもって下さっているらしいから、たぶんまた手もとに返ってくるんじゃないかと思うわ。

――露伴先生が亡くなられる一週間くらい前でしたか、市川のお宅にうかがって写真を撮らせていただこうと思ったんですが、ご容態がよくない、というんでそのまま帰ったことがあるんですが……。

幸田　そうでしたわね。今にして思うと、撮ってもらっておけばよかったと思っていますが……。実を申しますと、あのころ父の部屋をコッソリのぞけるようになっていましたの。ふすまに小さい穴がありましてね。そこからカメラのレンズだけをのぞかせて撮ろうと思えば撮れたんです。でも、もう寝たっきりでしたし、せめて机の前に坐っているところでも撮れたらよかったんですが、寝間着のままの写真を残すのも、なんだか気の毒で……。父は写真を写されるのはきらいでしたが、自分で写すのは大好きだったんですよ。下岡蓮杖という写真の先覚者がいらしたですね。あの人のちょっとあとなんですよ。器械を持って方々歩いて、風景なんかの作品がずいぶん家に残っていましたわ、今は焼けて無いけど……。器械というのは、とても大きい、このおっていましたわ、今は焼けて無いけど……。器械というのは、とても大きい、このお皿みたいなレンズがついていて、ベレー帽のようなふたもある……。そのころは非常に長い露出をしたでしょう？　わたしが写されるのに、長い間じっとしていなければなりませんの、まばたきもしないでね。わたしがだんだんこらえられなくなって笑いだすと、それがまたちゃんとその通りに写っているの。口がだんだん動いて波紋のようにひろがっているのが……。写真が好きだったものだから映画のことをいつも気にしていて……トーキーになると、どうなっているか、早く見てこい、なんていうの。『シベリヤ物語』という映画がありましたね。あんなにきれいに色が出て、音のいいのを見せたら、どんなに興味を持ったか、と思うわ。『ハムレット』という舞台の役者の出た映画……見せたかったと思うわ。足が不自由で、目が……眼鏡がもう度がないというか、目にあわなくなっているからよく見えない。それでわたしに見てこい、といって、あとで話をさせるんです。よっぽど映画が好きだったですね。最初に家に映画というものを持ちこんできたのは父ですの。二巻ものの、皿をこわしたりして騒ぐ喜劇、『新馬鹿大将』といったものや連続活劇の頃……。父は映画の関係で金を出したこともあったんじゃないかしら。杏奴さんは、よく映画を見にいっている？

小堀　このごろ……あんまり街に出ないのでね。父自身が映っている映画はあるのよ。天皇陛下が皇太子のとき欧州へいらしたでしょう？　その帰り、お出迎えにいったたくさんの人の中に父が出てくるの。ふつうの外套を着て、カバンをぶらさげて、つまらなさそうな顔をして歩いているの。父が「映画に映るんだったらもっと前の方を歩けばよかったな」ですって。死ぬ一、二年前じゃなかったかしら。その映画は今、どこにあるんでしょう？　もう一度見たいわ。

——露伴先生が一番最後にご覧になった映画は、どんなのでしたか。

幸田　戦争の時分、ニュースみたいな映画でした。ヒットラー、スターリン、ルーズベルトが出てきて、面白いといっていたわ。ヒットラーを見て、あれは気狂い面ですって。あの顎のきつさじゃァ……といっていました。ルーズベルトのアゴのダブダブしているの……二重アゴどころじゃなくて、あのなんともいえないアゴが面白いって……。あのころよく出ていた女優のマーナ・ロイね。あの人のことを騒ぐわけがわかるといっていました。日本人にはない美しさだって……。

——鷗外先生が亡くなられたのは、小堀さんのおいくつのときです？

小堀　十四のときです。今年もう四十二ですから……。

幸田　今年から若くなったでしょう？

小堀　同じことよ。シワが減ったわけでなし、以前の方がいいわ。わたし数の勘定が下手だから、こんどは満何年何ヶ月なんてたいへん。……でもね、わたしこのごろは四十という年が好きになったの、前は大きらいだったのに。自分が四十幾つということになったら、この年齢が一番いいんじゃないかと思いだして……。ずいぶん勝手でしょう？　わたし男の人は四十二くらいが一番きれい……立派に感じられるんだけど、女もそうでないといけないと思うわ。日本じゃそうもいかないようね。外国映画の女優さんなんかでも、すこしコクがあっていいな、と思う人は四十代ね。

幸田　みんな自分と同じ年がよく見えるのね。

小堀　母は今のわたしと同じ年には完全にお婆さんだったわ。とても地味な着物を着て……。わたしはこれでもまだお婆さんではないでしょう？　昔と今とはそれだけの違いがあるのね。それは洋服と着物との違いかもしれないわね。わたしが今着ているセーター、こんな柄の着物を着ているとしたら派手すぎておかしいでしょう？　娘とおそろいの布地で母の服もつくれるものね、洋服だと……。

幸田　今の若い娘はなんでも自分の望み通りの服装が自由に出来ていいわ。わたしらの若いころはお嬢さんは島田に結っても女中はそれが出来ない。お嬢さんは花模様を着れるが、女中はおしきせ縞……。そうでなければ周囲が許さないようになっていた。今は誰でも自由に、どんな服装でも出来るのに、みんなあたり前みたいな顔をしているわね。

小堀　文さんがよく書いているでしょう？　若いとき地味なかっこうをしていたって……。わたしも若いときには地味でいた方がいいように思うわ。唇でも自然の血色がよいのに紅をつけるから濃くなってしまう。年をとってからつけるようにすれば、いいだろうと思うの。地味なかっこうをしたあなたの若いころが、どんなにきれいだったろう……と思うわ。

幸田　ところがそうでもないのよ。ガッカリよ。

小堀　わたし自分の年が三十二でとまればいい、と思っていたわ。

幸田　ちっともとまってくれなかったわけね。ホホホ……。面白いこと考えたものだわ。

小堀　松谷天光光代議士の事件をどう思う？　あれについて坂口安吾氏が書いていらしったの、面白かったわ。園田代議士の行動にはなにかしら計算がある感じだけど、天光光さんはまだしも純情なのね。女は簡単に馬鹿になれる。その方がとくね。でも政治家、芸術家は人種がちがうように自分で意識しているのは馬鹿げているわ。誰でも同じ人間だもの。そういうのは言行不一致だからよ。この場合とあの場合と面を変えなくてはならないから……。やっぱり真実に生きなくてはね。園田氏を好きになるのは悪いことだけど、でも好きになったんだからしかたがないわ、と正直にいって飛びだしてきたんならもっと可愛かったんだけどね。好きになるということはしようのないことだし、好きになる人が必ず好都合に出来ているとは限らないんだから……。

幸田　わたしなんかあまり恋を語る資格はなさそうね。

小堀　そうは見えないわ。大いに語る資格がありそうよ。

幸田　あなたは言葉が出来るからいいわね。

小堀　そうでないのよ。わたしは英語は全然ダメなの。だから今、もっとも不自由な人間よ。わたしにわかるのはフランス語をほんの少しだけ……。話はちがうけど、吉屋信子さんね、先の『毎日グラフ』の対談を読んだけれど、とてもうまいものね。相手を見て話をひきだす……才気走っていて……。わたしの対談は、ああはゆきそうにないわ。吉屋さんには前に一ぺんお会いしたことがあるけど……。

幸田　吉屋さんの一番はじめの作品は『地の果まで』でしたかしら……。応募作品で、父もそのとき審査員なのよ。たしかそのころは作品に点をつけていたんだと覚えているけど、わたしもそばで読まされてね。うまいな、と思っていたら、やはり父もいい点をつけていたわ。そのことをあとで吉屋さんが書いていらしたが……、露伴も審査員だったってね。わたしそれを読んで、うれしかったわ。当時のことがなつかしくて……。

小堀　でもわたし、露伴の奥さんになるのは恐くていやよ。

幸田　娘だってそうよ。

小堀　わたしはお父さんの子でよかったわ。父はほんとに猫可愛がりでね、やさしくて……。

幸田　そうはいっても亡くなったせいか、よそのお父さんととりかえようとは思わないわ。考えてみると、生きているときスネかじりで、死んでからも思い出などを書いてスネをかじっているし……。父は孤独だったせいか、荷風さんの孤独な生活に関心をもっていたわ。

小堀　しかし荷風先生みたいであるべきね。人はいかにもみじめみたいにいうけど、さほどいうにあたらないんじゃないかしら。

幸田　父も鹿の皮のチャンチャンコを着たいといっていたわ。たぶん洗濯も洗い張りもいらなくて、孤独生活にもってこいだからでしょう。

――露伴先生は釣りがお好きだったそうですね。〝水への趣味〟という雑誌の題字も先生がお書きになっているようで……。

幸田　とても好きでした。あの題字は横書きで、右から書いたのを、左書きに直したら字の格がくずれてしまいましてね。雑誌の方にそう申しあげたら、すぐまた元通りにして下さいました。

小堀　釣りをなさるかたは、そばにいるかたがたいへんでしょう？

幸田　そうなの。父は江戸ッ子でごへいかつぎなものだから、釣りに持ってゆくべんとうまでうるさくてね。おかずはいつも同じもので、鳥の煮たものと油揚げ……。魚をトリアゲるという意味だって。釣ってきた魚のヌルヌルしたのにもさわらないといけないし、とにかく釣りに出かける前後は戦々兢々だったわ。釣れた日は、その魚を料理して出さないと心づかいが足りない、といって怒るし、釣れなかった日は魚などを出そうものなら、「おれが釣れなくてテレているのに、これ見よがしに魚などを出す」といって怒る。それはたいした心づかいだったわ。あんな心づかいを恋人にしたら、たいしたものよ。なにもかも焼けたとき、釣竿と将棋の駒の焼けたのを一番悲しんでいたわ。

——鷗外先生と露伴先生はよくお会いになっていたようですか。

小堀　ときどき会っていたらしいですの。いっしょに撮った写真もあるんですもの。

それより、どうして会わなくなったかが問題ですわ。どうしたんでしょうね、なにしろふたりとも神経質ですから。……そこへゆくとわたしたちはいいのね。神経質でもないし、不肖の子かしら……。

幸田　ホホホ。それでは、こんなところで、おいとましましょうか。これからまた『露伴全集』の用事があるのよ。うちの玉子がね、やっぱり編纂員として働いているんだけど、よくいいきかせてあるの。露伴の孫です、なんて名乗らないで、一編纂員としてやってゆきなさいって。あるところへ用事にいったら、これは露伴の家族の承諾がなければダメです、と断わられたらしい。玉子困っちゃってね、いろいろやっているうちに、先方が「いったいあなたは露伴の家とどういう関係があるのか」と問いつめられて、しかたなくベソかきながら「孫です」といったというの。そしたら向うは「そんならそうとなぜ早くいわないか」とまた怒ったんですって。とにかく全集編纂ってたいへんね。資料を方々から集めなければならないし、玉子が「お母さんの手で早くこの仕事をやっといてね。こんな仕事をやらされるんじゃわたしのところへ婿もなにもきやしない」って……。

小堀　そんなこと無いと思うわ。その内またお会いしましょうね。

（今回、対談収録に当り、新たに小堀氏の校閲を得た。）

＊　＊

こぼり・あんぬ(一九〇九―一九九八)　作家・エッセイスト。代表作に『晩年の父』『不遇の人・鷗外』など。

幸田露伴の生活学校

対談者　高橋義孝

高橋　いや、どうも。

幸田　ごきげんよう、お久しぶりでございました。

高橋　どうもいつぞやは失礼いたしました。いまね、面白いことがありましてね。すこし早く参りまして、向うの部屋にいたんでございますが、ラジオで、「〽とめても帰る、なだめても」という唄がございますね、あれをやっているんですが、どうも下手なんで、女中さんに、なんだ下手じゃないか、止めちゃいなさいといったんですが、女中さん変な顔をしている。やっと私も思いましてね。ドテラを着た人がラジオのそばできいていているのです。ヒョッとするとどこかの重役か何かが自分で吹きこんだのをきいているのかと思ったんですが、その人は文藝春秋社の社長のSさんだっていうのですよ。もうしょうがない――綸言出でて返らずです、もう一ペン出ちゃったでしょう。向うも唄をうたうときは汗をかいたでしょうが、こっちもちょっと汗をかいちゃいましてね(笑)。……おからだは近ごろいかがでいらっしゃいますか。

幸田　やっぱりこの病気は、先生に「いままで飼ってきたのだから、そのまま追出すようなことしないで、一生仲よくやってゆけ」といわれるから仕方がない。膵臓なんてつい先ごろまであんまりよくわからなかったのじゃございませんか。シナには膵という字はないのでございましょう、日本でつくったのですって。

高橋　もっとも膵臓なんて気がつきませんね、自分で持っていても。ところで、一昨日でしたか、とてもお酒を飲んでしまいましてねエ、私の場合は翌々日にひびいてくるんです。やっぱり膵臓のほうにきたんでしょうかねエ(笑)。ですから私はよく二日酔の薬というのを探しておりますが、露伴先生も二日酔などなすったでしょうか。

幸田　若いときは二日酔といわれると、いやらしいのですね。それでそういうときはきっと朝からお酒、それがうまくシャッといかないというのですね。

高橋　先生の御晩年のお酒はいかがでいらっしゃいました?

幸田　いいえ、もうお酒はあのころなくなりましたでしょう。それであたくしも時間かけてあっちこっち探すこともできませんで、ついなくなっちゃうのです。でも亡くなる三日まえに吸呑みでビール飲んで――起きられませんから吸呑みでいただきましたが、酔ったんでございますよ。色の白い人ですから赤くなったんです。「お父さん酔ったのねエ」といったとき、わたし何だか嬉しかったですねエ。

高橋 お酒のお肴でお好きなものは何でしたか。

幸田 何って、特にえり好みはいたしませんが、ただやはり本当に自分が好きでのんでみなければ、お酒のお肴はできないといっておりましたけど。

高橋 このごろは、よせばよろしいのに方々へ出しゃばりまして。ラジオや座談会などずい分女の方にお目にかかりましてね。若い女の方にお目にかかりましてね。若い人にも年をとった方にも。女子大を出たというような人の言葉、こいつが私には通じない。たとえば主体的恋愛の相対性における純真さ、というようなことを言う。なんのことかわからない。それからまた、職場での恋愛はどうかときくと、「同僚の感情的干渉がありますす」という。つまり「はたがヤイヤイいうことでしょう?」といいますと「そういってもよろしいが……」というのですよ(笑)。そういう途方もない言葉をつかう。

幸田 わたし父が亡くなって、いちばん困ったのはそれなんです。何をいわれているのかわからない。「それはどういう意味ですか」ときいても、その説明がいよいよむずかしくなってくる。途方にくれて、わからなくて困りましたけれども。

高橋　いやまったくどうも、そういう点でいやでしてね、若い女の方と話すのは。それからまた代議士だとか、そういう方と話をしますと、こちらのいうことをきいてくれない。ペラペラ自分ばかりしゃべる。それでは、やりとりにならない。それからなんか冗談をいってもわかってくれない。これは実にしんきくさい(笑)。

幸田　わたしみたいに笑いすぎても困るでしょう。けれどもこちらの言うことをきいて下さらない方、どっさりありますね。わたしに何かききにいらっしゃるらしい、つまり何か問いただしにいらっしゃるらしい、それが御返事しないうちに向うが独りでしゃべっていらっしゃると、わたしなんのことかわからない。

高橋　女の方の場合、負けまいとあんまり張りつめるものですから冗談もわからないということにもなるんでしょう。

幸田　よほど、いっぱいなんでしょうね、あたくしは空《から》だものだから。

高橋　では、(銚子をすすめて)いっぱいくらいはよろしいじゃございませんか(笑)。

幸田　いや、いや、いただけません。タバコもお酒も人さんが上っていらっしゃるのは好きなんでございますが、自分はダメなんでございます。

高橋　お酒の下物《したもの》にお好みだった何か変ったものは?

幸田　もうお終いになってからはほとんど不自由ですから好き嫌いをいわなかったのですけれど、鰻なんか――それも蒲焼にしましたのでなく、うちでもって勝手にいたしまして、その鰻なんかも細いのはいやなんですね。ボッカというんでございましょう、太いの？　あれがいいっていうのです。そのころは気をつけなければ手に入《い》りませんでしょう。その店に小さい十七、八歳くらいの男の子がいましてね、「あんたのお父さんというのはえらい人だというけれど」、慶応三年ですから八十でございましょう、「八十になってこの鰻を食べるんじゃよっぽどごうつくばりだね」というんですの(笑)。お醤油と、薬味に生葱なんか入れたのね、それを「ゴタゴタやらずにサッとやれサッとやれ」というのです。ですからしょうがないからサーッとやるのですけれど。蒸しまして蒲焼みたいにしたこともありますけれども「甘いのはいやだからおしたじだけにしろ」といいまして……。豆はずい分好きでございました。四季通じて豆は好きでございました。器も白いものを使うと青い豆はきれいでございますね。それだものだから「白いものに豆の塩茹でがいい、いい」というのですけれど、胃の具合のわるいときは舌にこけがつきますね、そんなときは塩気が強くないとわからないし、そうでないときはとても敏感にわかるし、つまりいわれただけのことをやっているというのじゃ間に合わなかった。

高橋　うん、うん。

幸田　あたくしが若かった時分は、言うこと聞かないでこっちのいうこと通そうというような気があった時分に、毎朝番茶を煎じるのです。そうすると、その番茶の分量が多くてサーといれたほうがいいとか、少くしてきつくしたほうがいいとかいうのが一年のうちに変るんでございますよ。こちらは若いから「お父さんは四月にはこう言ったじゃないか」と向うの意見の相違をこちらは認めてやらないのでございます。そうすると閉口するんですけれど……。でもいまになってみれば、それは人間のからだだからわがままもあるでしょうし、それに番茶一つだって、その人の進歩してくる筋にしたがって多いほうがいいかと思っているときもあり、少くしてきつくしたほうがいいかと思ったときもあり、豆を入れたほうがいいとか昆布《こぶ》を添えたほうがいいとか、いろんなこと思っていたでしょうから……。つまり完成までいかないうちにあたくしがギューギューいったわけですね。心にこうして残っているというのは、自分が恥しいという点で残ったのです。

高橋　ええ、ええ。

幸田　ですからあたくしいま思うのは、いまの方ってとても結論だすのが早くて、そりゃ結論が早く出ればどんどん進歩するんですからようございますけれど、ある時間かけなくちゃならないことは、すこし余裕持った気持になっていただきたいって思うんですよ。

ことに人の心の影なんていうものねエ、時間かけて見るというゆとりが一方になければ、やはりまたまちがったところにゆくのではないかという気がいたしますね。

高橋 ええ、そこんところがね。

幸田 この間、大学へいっている方がね、「女の人が学生で来ておりますので、それを見ていると気の毒で困る」というのですよ。どうしてかというと「背伸びして一生懸命になっているんだけれど、何年かすぎて学校終るときがあるでしょう。そのあとみるとみじめったらしくてしょうがない。男の人はとまれかくまれそれから進んでゆく、女の人はそれっきりになる。それじゃ何もあんなに背伸びして無理なことやって足許が伸びていてあぶないというんじゃ、いやだなあと思う。そういう人奥さんにしたくない」って。

高橋 背伸びしなくたって、男がどうしたって追つかないような、そういうものがあるはずだと私は思うんです。そういうところがわからずに、とにかく男みたいにやればいいというのは困る。

幸田　それだってまた進歩の一つの姿かもしれないんだからいいと思うのですけれど、好き嫌いをいえば、あたくしはあんまり好きじゃない。

高橋　進歩と好きとどっちをとるかというと、私なぞはやっぱり好きのほうをとりますね工。そういうと反動だの、女性の仇敵だのといわれそうですがね。

また女の人の拡がりというものもあると思うのです。さっき仰言ったような心の影とか、心のヒダにあるようなものを男みたいにサーとかいないで、撫でないで、そういうものを見ながら人と自分との関係を持ちながらやってゆく。そういうことは政治家や代議士はできないのだから、そういうところに女の人の拡がりがあると思う。それが男の拡がりだけがそうだと思っているから、さっきみたいに主体的恋愛の何とかというようなことを言ったり……(笑)。

幸田　あたくしはそういうことがわからないから弱っちゃいます。

高橋　私もわかりません。

高橋　唐突でございますが、お正月のお話をおきかせ下さい。

幸田　亡くなります年には、お正月の作法の道具というものございませんでしょう、戦争でやけて。どうしていいかわからないけれど、どうも元日早々「ないから」というのも智恵のない話。しょうがないからただのお膳でしたのですけれど、そのときあたくしがそう言うだろうということを向うが思っているんです。起きて、お手水をつかって、それから寝たきりで動かれない人ですが寝間着の新しいのをもう一つ着せて、そうしていつでもお膳持ってゆくまえに挨拶するんざんす、「おめでとうございます」とか。そのとき、そう言いましたんですよ、「もう、いろいろなことはもとの型というのでなくていいんだから、お前の好きにお前がするんだよ。」こういうふうにいわれたとき、あたくし父が何思っていたかということよくわかるんです。

自分は慶応三年に生れたのでございましょう。それで維新の動乱でもってきっといろんなことがガタガタして、あたくしからいえばおばあさんが、父の小さいとき言ったんじゃないかと思うのです。ものごころついてきた父は、そういう切り替えというものをどういうふうにするかということを思ったに相違ないと思うのです。それでいまみんな焼けてなくなったときに、家事の面で「お前の好きなようにやってゆけ、昔やったとおりにしようと思わないでよい。お前は四十すぎているのだから、わたしがここにこうしていてもわたしのためにお前のやり方を改めることがないようにしてくれ。」こういうふうに申しました。それが丁度こちらも思っていたことだったものですから、あたくしアレアレと思って、でもそのあとに持ってゆくお膳がいままでと全然ちがうものでもまことに出しよかったわけでございますね。そういうところはかなわないと思うんでございますの。こちらも思っている、向うも思っている。ときをつかまえてピタッといわれることは、そういうやり方っていうの嫌いじゃないと、こう思うんでざんすの。

何だかこちらが思っていても向うがチグハグなこと思っていて、こっちが挨拶してもかえってキョトンとするようなあり方っていうの、あんまり好きじゃない。でもそういうのはときによると思惑ちがいはありますでしょう。いまの方って「はっきり言ってよ」、こういうふうに仰言る。はっきり言っちゃえばそれはたしかにうまくゆくときがあるでしょうが、心に何にも残らない、そういうたのしさというものはない。はっきりしていますね、けれどもたのしさはない。

高橋　事務ばかりじゃございませんからね、生きてゆくことは……。生きてゆくことが事務なら非常にはっきりしてよろしいでしょうが。

幸田　父と一緒にいて、しょっちゅうやられていて、またやられた、またやられたというので、つまらないと思うことだってよくありましたけれど。いまあたくしどこへ行ってもそれが見られない、それは追憶でしかなくなったのかな、もう誰にもないのかなアと、ときどきずい分思いますよ。

高橋　どうもだんだん事務員ばかりがふえてゆく……。

幸田　でも、毎日の生活だって、ごはん食べたり、洗濯したりっていう事務のものもあるのですけれど……。

高橋　つまり事務ね。

幸田　事務というか、そういう生活の事務ね、あたくしどうしてももっとはっきりしなくちゃいけないと思うんです。起きて掃除して、ごはん食べて、あと片付けして……きまっているでしょう。それをもっと早くやって、自分の時間をもつ。自分の時間がないって皆さん仰言るけれど、わたしときどき拝見するどこのご家庭でも、そう申しちゃなんだけれど台所の事務というのとてもかかりすぎて……。実際あたくしと娘とは矢張り時間がちがうのです。あたくしが台所へ出てゆくと、みんながいやがって「かあさんに出てこられると心がせかせかしてたまらない」という。「心がせかせかするより先に手を早くしたら」っていうのです。それに訓練も足らないということ、あたくしじれったくてしょうがない。

あたくしいつでも玉子に言うんです。あたくしは、十四、五から台所のことなどいたしましたでしょう。それでいまあたくし五十歳でしょう。「五十の経験と智恵とを上げるんだから、あんたがいま二十何歳ならば、二十何歳の上に五十歳をつけてしなさい」というんです。「そうすると、もっとよくゆきやしないか。」「理窟はそうだけれど、そうはいかない」というんでございますけれど、あたくしはそういうふうにどんどん進歩してゆくような気がしてしょうがない。

短縮した最も効果のあがる方法というのをその人は持っているのだから、その後はそれをもっと高度に活かしていったらいいだろう、オリンピックばかりが短縮するのを心がけるべきじゃない……。

高橋　つまりエキスですね。いつだったか承った薪をわるお話、あれは面白うございましたね。いまでもおやりになりますか。

幸田　この夏もやりました。けれど全然腕力がないようになりました。はっきりあいうことでわかりますからねエ。これは自然にダメになってゆくものだけれど、トレーニングしなかった責めはたしかにある。だからしなくちゃならない。やらないということは退歩でございますね。

高橋　俗な言葉ですが、泣くようなつらい思いなどなすったことというようなこともおありじゃないでしょうか。

幸田　若いときはずい分……。「つまらない、いやだ、こんなことをしていちゃア、一生のうだつが上らない」とか思いましてね。でも、そうやっていやでも我慢してやったということが、いま「台所をさせれば」という安心を作ったのでしょうが。

高橋　台所のことは、よくわからないのですが、若い人は、アメリカ人みたいに何でも彼でも缶詰にしてしまって……。

幸田　缶詰ではいつかおいしくなくなるのじゃないでしょうか。

高橋　台所仕事というものは、どうしてもしなくちゃいけないし、していいことだし、したほうがいいことだという考え方があると思うのです。そういう考え方を若い娘さんの中で、どんな形でもいいから言い出す人もあっていいと思います。

幸田　あたくし思うのは、していないいんじゃないかと思う。だからそういう議論も出てこないんじゃないか……。いまの女の人を大別してみると、家庭の中の人と外へ出てゆく人と二つございますね。外へ出てゆく方というのは、全部何かがいえる、つまり意見がおありになるでしょう。家の中にいる方は、だまっていて、しゃべれなくて、別に意見がないようにみえる。よその方は「あんなこと文子さんいっているけれど、台所など女中さんがいればしないだろう」というのですが、いますぐさせられてもできます。

高橋　いまの私より若い人たちは物そのものと自分とを密接させる前に意見やなんかが間に入ってくる。何か隔靴掻痒の感じ、そういう弱さがありますね。

幸田　弱いし、じれったい。
高橋　じれったい――そういえば「じれったい」なんて言葉も段々影がうすくなって参りましたネ。言葉といえば変って行くものですね。
高橋　よく露伴先生のお言葉を引いていらっしゃる。何か伝法なお言葉ですが、やっぱりあぁいう……。
幸田　そうなんです。でも改まれば両立《りょうだて》というんでしょうか、両方に敬語使って言う、そういうことだってするらしいんでございますけれど、あたくしたちと話しますときはいい加減伝法で……。
高橋　ご自分のことをどういっていらっしゃいました?
幸田　それが実にいろんなことをいうんでございます。はじめにお話ししているときは「わたし」っていって、おしまいに「おれ」なんていっております。わかりませんですね。
高橋　いろんなニューアンスがあったほうが面白いだろうと思います。敬語なんかも結局不自然でなくスラスラ出てくればいちばんよろしいでしょうね。
幸田　このせつ、「せられますか」というような言い方いたしますね、そういうのが一つもなくスラスラしていて、耳にひっかからない敬語は、上手だとか、いいとかいうことじゃございませんかね。

高橋　ええ、気にならない。敬語の問題もやっぱり根をたぐればさっきの缶詰が進歩か退歩かの問題に引っかかって参りましょうが、一概に進歩進歩と申しましても、いま現在のこの時間を素通りしてしまうことは、どうもまずいこったと思います。私など現在の上にあぐらかいているのは酒によっぱらったとき位だけど……(笑)。

ほかのときは、たとえば質屋の利息がどうだとか(笑)、そういうふうなことばかりなんです。私、幸田さんのお書きになったものを拝見すると、ただ今この時という奴の首根っこをひっとらえてやろうという気構え、それが幸田さんのお書きになるものの中にある……。

幸田　父がね、いまあなたの仰言ったようにわたしに言ってってくれれば、もっとわかっただろうって思うんですけれども。わたしがもうすこし組織立った、学問的というか、そういうような性の女だったら父に質問し、話もし、そうして得ただろうと思うのですけれども、ほんとにボヤッとそこに立っていただけなのです。父にしてもそういう女じゃないと思って、こんなような暮し方させたのですか、したんですか……。

よく世間で虐待の教育だといわれるのですが、そういうものじゃないといいたいのです。あれ(「こんなこと」)を書いたときも、ワクワクと書いたので、父を誤って伝えただろうと思います。

高橋　私にとってはお書きになっていらっしゃるものはいわばお菓子なんで、その菓子ではなくてお菓子を出していらっしゃる手のほうを拝見しているのです(笑)。

幸田　絶えず叱られましたし、書いたりしていると、ずい分鬱憤が出てくるんだけれど(笑)、でも父のほうじゃ「叱るんじゃない」というんです。「教えるんだ、話すんだ」っていうんです。

高橋　露伴先生は写真お好きでしたか。

幸田　ええ、好きのようでした。写真機というものを父がかってくれたというのは、わたしに美しいものをどうやって探すかということを教えてくれたわけです。

ドーッとみればみんな見えてしまって、どこが美しいか分らない。区切ったレンズの中で見ると美しさが見える。それをさらに現像してみると、その中のまた一部分に美しさというものを、はっきりと自分の好みの美しさをつかみ出すことができる。そういうふうに、ある一定のワクをはめた中で美しさを探すと、広いところからも早く探せる。

きっとわたしはよっぽどぼんやりして、ぼーとしていたから、そういうように教えてくれたのじゃないかと思ったんですけれどもね。いまから考えれば、あたくしの若いときには、ほんとうにいまの方とちがってぼんやりしていたのです。一体がぼんやりしていたんでございます。

高橋　いまのお話は非常に面白い。

幸田　写真をうつすということは、景色でも人でも、うつしていいところをとるのが早くなる、その技術だ。グズグズしていたんじゃいくつもできない。人が一分のうちに十とるとき一つしかとれなかったら乏しいわけです。何分の一秒というたいへんな短い時間でしょう。その時間でそこへ取入れるということは早くしたほうがいいのです。そういう意味で父は貪欲です。何でも取っちゃう。むさぼっちゃう。ですから人の労力だってむさぼるわけだけれども、そのむさぼるのがただズルズルやっていれば本当のむさぼりです。「その人を訓練して極く短い時間で何かができることになるからそうするんだ」、こう言うんです。「これが進歩だ」、こう言うんです。

もともと写真機をかってくれた動機は、自分の顔がたいへん嫌いだった、いい顔じゃないからいやだと怨み言ばかり言ったんです。そうしたら「全部悪い顔というのはどこにあるか」とそう言ってかってくれたのです。小さい穴からのぞくと「どこがいやな顔なんだか、むしろそのいやな顔の中からおれは必ずいいところを見つけてやる。おれならば、お前がいやだという顔も、そうかしらと反省する、そういうものをとっちゃう」と言うんです。

幸田　それから話はちがいますが、三橋と結婚してからしばらくして実家《うち》に行ったとき、つとめ人ですから晩のごはんがおもなものになるのですが、父が「お前晩のごはんはどうしているか」ときくのです。一汁三菜か五菜かときかれたのです。「そんなこともないけれど、あるときはお汁《つけ》のほかに三つか四つ」といったら「多いよ」といわれました。「だんだん古くなってゆけばいろいろ新しくしなければならない。はじめから能力の全部を出していって、ときがたってもっと望まれたときお前がつらくなっちゃうだろう。いまはそれだけ食べられるかもしれないけれど、少くへらすということはやりにくい。いまのうちにへらしておきなさい。後になると感情的にもいやなものがついてくるし、お姑さんの聞えもあるだろうから、いまのうちにへらしなさい」といわれました。

高橋　どうもいまの人が、昔とあんまりたちきれていると思います。何か昔のものの中から奪おうと努力するほうがかえって人間らしいと思うのですけれどね、電車の切符みたいな人間になるまいと思えば。

幸田　ええ……。

＊　＊

たかはし・よしたか（一九一三―一九九五）　ドイツ文学者・評論家。九州大学教授。著書に『森鷗外』『近代芸術観の成立』など。

写真は娘への遺産

対談者　木村伊兵衛

木村　どうもしばらく。
幸田　ほんとにしばらくでございました。外国へおいでになるそうですが、もうすっかりお仕度がおできになりましたか。
木村　いえいえ、お金がありませんから、あとに残して行く者の食いしろを稼いで行かなければならず、そううまくは行きませんよ。いえ、ほんとですよ。三カ月も家をあけますと、いろいろさしさわりがありますからね(笑)。私の仕度といっても、写真機と着がえを持って行くだけで、行く先々で写真を写して歩くだけですから……。
幸田　前から計画なさったんですか。
木村　行きたいと思っておったんですが、なかなかお金がなくて行けなかったんですよ。今度もスポンサーみたいな人があって、やっと行けるようになったわけですがね。外貨がなかなかもらえませんから……。今度も貿易促進のためというので行くんですから(笑)。第一言葉が通じないでしょう。だから我慢くらべみたいなもんですよ。何日間、どこまで一言もしゃべらないで行けるかというところがおもしろいんですよ。

幸田 先生、ひとごとのようにおっしゃって……。

木村 イエスとノーだって、うっかりしゃべるとあべこべになりますからね、しゃべらぬことですよ(笑)。まア何とか手真似でやって来ます(笑)。それより困るのはお金の割当がきちんときまってるんで、きょう贅沢をしてうまいもんでも食ってしまうと、あした一日食わずにいなけりゃならないんですよ(笑)。日本なら何とか晩飯ぐらい融通してくれますが、旅人じゃそうもいかんでしょうからねエ(笑)。どうしたって薄情になりますよ。

幸田 どのくらい行ってらっしゃるんですか。

木村 九月初めに出て、九、十、十一月の約三カ月ですね。

幸田 すっかりおまわりになるんですね。

木村 すっかりまわらないと百日間の許可をくれないんですよ。一カ月だと、高見順さんがいらっしゃったときも、会議ですから十日間ぐらいしか割当しないんですね。

幸田 スケジュールはご自分でお組みになるんですか。

木村 いいえ、交通公社の渡航係という便利なのがあって、みんなやってくれるんです

幸田露伴，1938 年頃．撮影＝木村伊兵衛

よ。みんな横文字で書きましてね、ぼくはサインをするだけですよ。偉くなっちゃったんです(笑)。ぼくはそれを持って行く先々へ降りる、いわば小包ですよ。

幸田　まア(笑)。

木村　この画集(『木村伊兵衛傑作写真集』)は昭和二十五年から去年までの仕事をまとめたものですが、露伴先生のお写真も一枚入れさせていただきました。これをどうぞ……。

幸田　結構なものをありがとうございます。(幸田さん、写真集を一ページずつめくって見る。あるページに来て、ハッとした様子。)これは父ですが、あのときはこれ一枚でしたかしら……?

木村　ほかのと一緒にしてあったものですから、焼いてしまったり、チリヂリバラバラになってしまって、それ一枚しか手もとに残っていないんですよ。あのとき五、六枚は写したんでございますがね。

幸田　そうでございましたね。これは何でお撮りになりましたのかしら?　小さい判のものでしたね。

木村　そうなんです。

幸田　父はまだ若うございましたね。

木村　お元気でしたよ。

幸田　戦争がなかったら晩年にも写真をお願いできたでしょうにネ。

木村　そうでしょう。何しろお元気だったから。今の(横山)大観さんだって絵をときどきは描いているし、お酒を毎日飲んで御飯を食べないでも生きてるんだから、幸田先生だって大丈夫でしたよ。

幸田　………。

木村　露伴先生を撮ったのは昭和十五年でしたが、あのときは私たちの仲間で国際写真報道協会というのをやっていましてね、それで「現代の日本の顔」というテーマで百人の人の写真集をつくろうと計画したんです。それで先生を写させていただいたんですが、いろいろお話を伺うと、先生はとても写真がお好きなんですね。先生が写真を習ったのは浅草の名前はおっしゃらなかったが、変な親爺に教わったといっておられましたよ。それからおもしろいのは先生の写真友達が鶴淵だとおっしゃるんです。

幸田　幻灯屋さんじゃございませんか。

木村　そうなんです。ぼくら子供のとき買いに行ったもんです。おもに幻灯機、今のスライドですが、手札の四角な判で……。

幸田　うちにあったのもきっとそこから持って来たんじゃないですか。

木村　鶴淵さん親子が写真の仲間だといっていましたが、しょっちゅう写真のことを話したりしてたんですね。鶴淵の主人のおじいさんが写真がうまくて、そのお弟子が北庭竹馬という伊井蓉峰のお父さんなんです。

幸田　そうですか。

木村　これを話すと長くなっちまうんだが、北庭竹馬の倅があのいい男の新派の伊井蓉峰だということと、その伊井蓉峰は根岸に住んでたし、ぼくも子供のときから根岸に住んでる。ぼくのすぐ近くにいましてね、子供心によく覚えていますよ。伊井蓉峰は二頭立ての馬車で芝居に通ってましたよ。ほんとにいい男でしたよ。

幸田　そうですネ。

木村　露伴先生もたいへん写真が好きで研究家なんですね。蜘蛛の巣に雨が降ってそれが光線に当ってきれいだ、それを写すんだといわれましたよ。それで板橋から千住の方まで蜘蛛の巣に雨が降って光が当っているところを探し歩いたというんです。

幸田　そんなことがあったんですか。

木村　結局蜘蛛の巣がなくてがっかりして自分の家に帰って来た。ひょっと庭を見ると蜘蛛の巣があったというんです(笑)。露伴先生は話がうまいからこんなんじゃないんですよ。うまいことといわれましたよ。それから伊豆の方へキャビネの乾板十ダース持って撮影に行った。カメラもピカピカ磨いて行ったそうですよ(笑)。その乾板十ダースとカメラ一切は書生さんに持たして行ったところが、途中で書生さんに逃げられてしまった。それを自分で持って行くことになってえらい目にあったとか、博文館の大橋さんの養子の大橋乙羽という人なんかも写真が好きで、写真を一緒に写していたとか、『太陽』という雑誌なんかに乙羽が写真を写して俺が紀行文を書いた。雑誌に写真が載って文章がつき始めたのは俺が初めだといっておりました。俺は写真の方はみんなが下手だというから、紀行文の方を書いたんだっていってましたよ。

幸田　そうですか。

木村　先生にはいろいろおもしろい話がありますよ。船の写真を撮ろうといって船頭にポーズさせて、あとで現像してみたら、船頭が船の進むのと反対に漕いでいたという(笑)。演出ではうまくいかん、写真はつくろうたってだめだといってました(笑)。ピントを見るとすべて逆に写るから、わからなかったんでしょうな(笑)。乾板は重いからというのでPOP紙を入れて実験してみたり、焼付けのとき焼枠の上に障子みたいなものをつくって、それで光線をコントロールしたとか、そういう話は幾つもありましたよ。

幸田　あの障子はそれに使ったものですか。わかりませんでしたね。それにいい写真は一枚もないですが、できそこないみたいな写真は行李一ぱいありました。

木村　今度見せるといってとうとう見せてもらえなかったですがね(笑)。鹿島清兵衛の話も出ましてね、銀座に写真館を出した。元禄館といったか……。そのとき風景は全部全紙で撮ったそうです。全紙に引伸ばすんじゃないんですよ。五代目菊五郎や団十郎なんか取巻きで、たいへんなものだといっておりましたよ。お内儀さんが有名なぽんたでしょう?

幸田　そうです。

木村　それで鹿島清兵衛はマグネシュームで失明したということですね。晩年は不幸だったそうですよ。子供がひじょうに不良だったそうですね。そのとき光村利藻《としも》の話も出ましてね、あれがたいへんなもので、『海軍』というグラフを出し『海軍』にも身銭を切って立派な写真を出したとか……。

幸田　その時分はわたくしまだ生れてませんでしたね。写真年鑑なんかイギリス、ドイツあたりのは買ってたようでございます。年鑑の油田の石油タンクなんかの写真、円と直線ですね、それなんか見てこれはうまいとかなんとかいってたのを覚えております。わたくしの弟が早く亡くなったときに、写真機を買ってくれました。上から覗く式のもの、これならしろうとでも写るだろうからといって。ついでに、いかに写されるかという、昔のポーズなんか教えてくれたり、普通写真屋さんに行けば着物の襟元や裾を直される、それを直されないで自分できれいにしなさい、袖口を引けば肩の線は美しくなるとか、こっちはあまり気にならないことでもやかましくいいましてね。袂は真正面を向いてベロンとしてるのはバカみたいだから少し体を横に向けるとか、袂は一つ前に折って出したら一つはそとにこう出せとか、（幸田さん、立上って熱演）袂を前に二つ重ねているのはお姫さまだとか、テーブルの前に坐ったらこうするんだとか、テーブル・マナーみたいなことを教えてくれました。

木村　とにかく熱心でしたよ。

幸田　向島にまだ家が残っていまして……。

木村　この間通りましたよ。

幸田　あそこに赤いガラスを自分ではめ込んだ汚い押入れがございましたでしょう。あれが現像室なんです。

木村　えッ、それは惜しいことをした。あの家の前を自動車で通ったものですから、中は見ませんでした。それはぜひ見たいですね。

幸田　そうそう、子供の時分、五円か幾らかのカメラを買ってくれて、写して来ると押入れの中でゴソゴソやってましたね。焼付けのときは仲間に入れてくれて、これが鍍金液《めっきえき》だなんていってました。

木村　そうそう。ＰＯＰに鍍金液ですね。

幸田　わたしが二十歳ごろ、笑ったところをだれかが横から写してくれたら、これがたいへんな鼻なんです。こんなのいやだといったら、おやじはこれは写真は下手だけれども確かにこうであったんだから、それは認識した方がいいといいまして……(笑)。お前は写真を写されるときに、口を結んでしまうのはだめだとか、個性美の発揮ということをいってたんでしょう。写真を写すための化粧というようなことをいっておりました。眉が薄いからって変なものを塗るな、それは写真に撮りようがあるんで、それが変に写れば向うが悪いんでお前が悪いんじゃないとか、白粉《おしろい》をあまり塗るのはいい感じではない、汗をかいたらどうするとか、白粉なしで汗をかいてる顔は必ずしもいやな顔じゃないとか、いろいろいってましたっけ……。

木村　やはりリアリズム写真ですね。

幸田　美しくというよりその人をという方ですね。映画も好きで、映画に色がつくようになったらどうなるかというようなことをずいぶんいっていました。わたくしは四十四の年までおやじのもとにいたので、死んでしまわれていろいろのことが一ぺんにかかって来たので、ずいぶん悩みました。

木村　ずいぶんお悩みのようでしたね。

幸田　ところで先生、きょうはどういうお話を申し上げるんですか。

木村　私もわかンないんですよ(笑)。いろいろ写真についてのお話を伺いたいと思って……。

幸田　あらあら、とてもそんなこと……。

木村　ではおひやを一ぱいいただきまして、酔うといけませんから……。

幸田　ひとつおさしいたしますから、酔っていただきたいですね。ごめんください

(幸田さん、木村氏にビールをさす)。

木村　いや、どうも恐縮です。

幸田　いつかうちへおいでいただいてから、もう何年になりましょうか。五年……。

木村　そのくらいになりますね。きょうあのときの写真を一枚持って来ましたが、あまりよく写っていないんですよ。

幸田　これこれ、これは今までのわたしの生涯で一番いい写真だと思っております。

木村　その写真を撮らしていただくときに、幸田さんが『中央公論』に随筆(「葬送の記」)をお書きになったんですよ。

幸田　そうでした。

木村　美しい文章で何かお書きになったでしょう。それを里見さんがほめていたですね。

幸田　書いてくださいました。それで名取(洋之助)さんが……。

木村　名取さんとぼくが仕事をしていましてね。『週刊サン・ニュース』をやっていたんですよ。それで一応幸田さんを写しに行こうといって、岩波の小林(勇)さんに連絡していただいて、お宅へ伺ったわけです。それが今から五年前ですか。

幸田　丸五年になります。

木村　それで私は夢中で何だかわからなかったが、あとになって幸田さんがこの写真がひじょうにいいといわれたとか……。

幸田　幾つも写していただいたのですが、なんていうんでしょう、しろうと好きのする顔もあったんです。みんなはそっちの方がいいといいましてね、この写真は不評判なんです。わたしはこれは一生の中で一枚しかない写真だと思ったんです。たいそう気に入ってしまいました。娘にいわせると、わたしの過去がこの中にあるからいやだ、

幸田文，1949 年．撮影＝木村伊兵衛

それが子としてはつらいから、にこっと笑ったお葬式用の写真を残していただきたいというんです。ところがわたしは、わたしを写してくださる、わたしは写していただこうという気になって、そこがこういうように(と両手を合わせる)ぴたり合ったときは、過去も現在もすっかり写していただけると思ったので、そういうわたしである写真を残したい。うちの母さんはこういう顔をしていたというのを残したいと思ったのです。これから先きも、自分ではどういう顔をするかわかりませんけれども、写していただく方と気持がぴったりしたときは、必ずわたくしの自分が写ると思います。

木村　それはそうですよ。

幸田　わたしにはお金が残るはずはありませんし、おやじが娘のわたしにこうやった、ああいったといったようなことも残せません。ただできることは、わたしの負って来た過去、あるいは未来にどうかなりたいという希望、そういう心の中にあるものの出た顔をあとから来る者に残してやりたい。それを娘がどう見るかは娘の勝手です。こんなみじめな顔だったか、母さんはこんな風だったかと思うことは彼女の勝手だけれども、こういう親があったということは、懐しく思うんじゃないかしら?

木村　それは懐しく思いますよ。真実が出ていれば……。

幸田　その場合にですネ、写される者と写す方と接触点があると思うんです。

木村　それはそうですよ。それでないとただの記録になっちゃうですよ。幸田さんの過去、現在、未来というものが顔に出た瞬間、シャッターを切るということは、写す人と幸田さんの気持が触れ合わなければできるものじゃないし、そうして写真になったものはたいへんな芸術ですよ。

幸田　過去、現在、未来というものが顔に出ることはごく短い瞬間でしょう？

木村　そうなんです。短い時間ですね。

幸田　おそらくわたしは、その写真に写る瞬間というものは知らないでしょう。だけど自分の心の流れは知ってるんです。木村先生がどこでそれを捉えなすったかというのは、わたしは知ってることなんですよ。口でこういうところといえないことなんですけれども、わたくしいつも思うのは、こうやって人物の写真を見てると、この人がその瞬間にそういう人なのかと思うほど、撮られたものとその人としばしば違うことを見つけるのです。そうなると恥しいんです。写す技術のことはわからないけれども、わたしはいつも被写体ですわネ。

木村　そうですね。

幸田　その被写体として、わたし自身でない、わたしと違ったものが写ったら恥しいですね。それと、上手にいえないんですが、何か間違ったという感じがするんです。心の流れというものは、じっと止まってるときもあり、一瞬間にするする流れていることもある。わたしを写してくださるといっても、そのときのわたしの心は流れているかもしれないし、一つのことを思ってるかもしれないですね。先生がお撮りになるとき、わたしはこう思っていたい、その状態にいたいわけなんです。写真はいつも写す側からいわれているんですが、いろいろの条件が被写体の方からいわれていないというのは、まア残念だと思うんです。

木村 そうなんです。

幸田 ね、そうでしょう？ 植物だの動物、そういうものをいわないものは構いませんけれども、人間の場合は、被写体の方の状態についていえるはずなのにいつもいわれていない。

木村 ええ。

幸田 向うを見ていなさいといわれれば向うを見ているかっこうをし、全部そちらまかせになってしまう。自分のこういうところを写していただきたいと申さないのはいけないと思います。同じ写されるのに、そこに自分の心があるかないかを考えませんね。どうでもいいというように、写されることについて何にも思わないのでは、写す方もつまらないだろうと思いますが、そうじゃないでしょうか。

木村　その通りですね。

幸田　どうでもいいようになさいというのでなく、そちらはその人の何かをつかみ取る、こちらは自分の持っているものを写していただく。そこに自分というものが何か出ていなければならないでしょう。いつもノベタラじゃなしに、どんどん違ったわたしが出ていると思います。そこに一つ問題があると思いますね。昔の人は、わたしのおやじなんかもそうですが、写真を写すポーズというのがあったんですね。一つのきまったポーズが……。

木村　あるんですよ。

幸田　いけばなの流儀みたいに、きまったものでなければ拝見しちゃいけないということなんですね。

木村　えぇェ。

幸田　おやじなんかはこうやって（と左手を曲げて卓の上に托し、顔を少し横に曲げるかっこうをする）写真を撮ってましたけれども、そんなことをしないで、自然に撮った写真でその人が出ているのがありますね。そうしてみるとポーズがいけないというよりも、心のポーズはどうだということになるんですね。少なくとも先生が写真を撮ってくださって、わたくしの心のポーズがないということになるのだと思うけれども、そこは舞台というものはずいぶん違うと思うんです。

木村　それは違いますね。

幸田　わたしなんかの場合は、別にアクションをつけているわけではありませんし、わたしの思う思い方は自由にあるわけです。被写体が何かキラッとしていたとき写していただくことは、写す方と出合うといいますか、それが大事だと思うんです。この写真を写していただいたときも、べっぴんさんに写ってるのがほかにありました。みんなはそのべっぴんさんの方が好きらしいですね。

木村　それはそうでしょう。

幸田　けれども、それはほんとのわたしじゃないと思います。心にある美しさ、あるいはホッとした安心感、将来への希望、過去の苦しみ、そういういろいろの気持、忘れようとしても忘れ得ないものを幾つも持っていると思いますし、それが写されてこそ写真だと思いますが、みんな不思議とそれをいいません。

木村　いいませんね。

幸田　十代二十代の経験は五十代まで持って来ているわけですし、それは子のために役に立つことと思いますが、みんないわない。そこに母親の不正直、女の不正直があると思います。あるいはそんなことは忘れてしまっているのか知りませんが、わたくしはそれを持っています。それがどういうものであっても次に来る者に役に立つのじゃないか、それを写真にして残したいものです。それがまた写真だと思います。

木村　その人を写す、それがほんとのリアリズム写真ですし、それでなきゃいけないと思いますね。それが人によって感情だとか解釈だとか、そのときの心の持ちようによってズレが来ますよ。

幸田　そのズレが感じられたときは、それだって恥しゅうございますね。こちらが写し方、写され方に何の興味もない人だったら、問題は別ですね。

木村　さっきの露伴先生がポーズをつくられて写真を撮ったということ、その時代の写真から見ますと、今日の写真はどんどん発展して来て、今ではホンの瞬間に撮れる、従って写される人が何も構えなくても、自然のまま撮れる。またそれでなければ写真じゃないですよ。

幸田　ただその場合でも、こちらがその瞬間を残念ながら知らずに、自分を記録されたものを出されるのは、だらしがないですね。

木村　そうなんですが、『夕鶴』で山本安英さんが「つう」の役になり切っていらっしゃる。そして役の筋なりアクションがありますから、そのどこをどうねらったら「つう」になるか、その一本で行くわけですね。ところが普通の場合のポートレートでは、アクションはないし、何を考えてるかもわかンない。だからかえってそこんとこがひじょうにむずかしいんですよ。写される人と写す人とがそこで交流していけば、そこがわかって来るんじゃないかと思うんですが……。

幸田　とっさに写される場合は、こちらではわからないんですが……。

木村　もちろん写真は形として表現されるわけですから、両者がお互い無関心なら、ある時間である形を区切ると、過去だけしか写らないこともある。ただ心のふれ合いがあるとすれば、シャッターを切った瞬間に過去でありながら何か未来が写るということもあるとおっしゃるわけですね。

幸田　そう思います。

木村　それはなかなかむずかしいことですね。

幸田　木村先生が被写体である人間に向って、何かいってるということがありますか。

木村　ないんですよ。ただ写されたものはもちろん写真ですけれど、これはいい顔に写っていないとか、これはシャッターチャンスが悪かったとかいうことはある程度ありますよ。

幸田　それだったら残念だと思います。それで普通は済んでいたわけですね。

木村　済んでいたし、綜合雑誌などに使われる場合には、ある程度まで読者に紹介するわけだから、表面的でその人の内面まで出した写真は少ないかもしれませんね。

幸田　表面的なのは写される人にとってはつらいことですね。ですからわたくしは先生にお願いしたときも、お一人で撮っていただきたいと申しました。ライトを持つ方やいろいろ一ぱいいらっしゃいますと、その方たちがいやだとか邪魔になるとかいうことじゃないのですけれども、こちらの気が散ると申しますか、ストレートに行けないと思います。そういう気持を持っている限りは、そうだと思います。写す方も真剣に写してくださる、写される方もそれだけに真剣に自分というものを出さなければならないと思います。

木村　そうなんですよ。たとえば文壇の人を紹介するといったときに、生活環境が何となく出ているとか、さっきのお話のように昔の先生の場合ポーズをきめてしまうとか、そういうのもやはり表面的ですね。何分の一秒かわからない時間でシャッターを切る。それがわからないうちに切られてしまうもんだから、あとでごらんになると、過去でも写ってればまだ大したもんで、未来なんかとても写っていないということになるんですね。

幸田　そうなんです。

木村　それはやはりがやがやしていたんじゃだめですよ。

幸田　たとえばわたしがここでおしゃべりをしているのと同じで、何も隠さずそのままお話しできるのに、大勢の方が聞かれているとお話しできなくなるということはいくらでもあるわけです。写される方にこちらが何のへだてもなく接することができないと、写される方も自分が出ない。そこに雑物——といっては悪いですけれども、写した後ではどんなに見られても構わないけれども、写される瞬間は写す人だけ……。

木村　そうですね。写す側としても、そのときは写される人のすべてを見逃すまいとするから、ほとんど雑物は気にならないで、神経を全部そっちに集中しなければならない。それで顔は動きがなくても目が動く、口元がどうとかするという、こまかい関係でも表現できると思うんです。大きなアクションや表情をとらえてもそれはできるはずですね。

幸田　山田五十鈴さんがいっていらっしゃいましたね。タバコを持っていなければ自分じゃないが、その腕がだんだん上って来るということでしたが、自然そうなると思います。そのお話を伺ってから、大事にしていることがあるんです。自分の知っている顔、それは大ていの場合いいお顔ですね。

木村　日常鏡で見ている場合は、大てい正面からですけれども、それはまた大てい正面ですからね。

幸田　しろうと写真でもいろいろな角度から写して、自分はこういう顔もするという顔を幾つか知っていても、それ以外に知らない顔が幾つあるかわからない。わたしはその自分の知らない顔は知らないでいよう、木村先生に写されるまでは知らないでいようと思います。知ったらおしまいです。こういう顔が自分にあるということをちょっとでも感じて、写される瞬間にそんな顔をしたら自分としてはテレ臭いし、嘘をついたみたいになると思うんです。自分は自分の顔を知らない。自分が楽しかったときこういう写真ができた、自分が悲しかったときこういう写真ができたという、素直な自分の表現でないといやです。

木村　そうですね。もし演出したら嘘をついたことになるでしょうね。

幸田　それからレンズの前にこうやって立って、レンズの前の蓋をとって、やっとってしめる。その間こうやっている恥しさ。その点今はたいそう早いし、あまりひどい音もしませんからいいんですが……。

木村　ところが大昔の写真になると、戸外でも露出が何分もかかるんです。そうすると一日の間で朝からお膳立てをして、写される人と写す人が馴染《なじ》んでいましてね、その日の一番コンディションのいいときにイスに腰掛けてポーズをつけるわけです。それでもほんとにうまい人だと、お互いに馴染んで気が楽になるせいもありますが、ポーズをつけても、とてもいい写真があるわけなんです。そこに安心する意識が出るんですね。

幸田　いかに見よく表現されても、自分がそこなわれているのではいやです。絶対そこなわれないという安心感がなければいやなんです。真を撮っていただきたい。そのためには写す人以外の他人にいられたくない。一対一でありたい。それも反発し合うものでなく、お互いに引き合いながらぶつかるということがほしいと思います。ことに顔を撮られる場合はそう……。よく西洋人の顔は出るが日本人の顔はあまり出ないといわれますが、出ない中にそれがあったらいいと思います。

木村　西洋人の顔は立体的であるとか、光源がよくとまるとかいわれますが、下手な人が撮ったんじゃ同じことですよ。

幸田　目の動かない人もいますね。西洋人が必ずしも活発に動いているというのじゃない。わたしも表情なんか出ないかも知れない、それでもわずかなものでもわたしの真が写れば、それが娘に対する遺産でもあり、また母を思い出すのに役立ちはしないかと思うのです。

木村　それは写真の永遠性ですね。

幸田　わたしはわたしなりに、過去の孤独だの悲しみだのが出ると思いますの。

木村　それは出ますよ。それだけにポーズをどうしようとか、生活環境をどう出そうということじゃなしに、あなた自身の心にこっちも体当りするんですよ。それだけ楽な面もあり、それだけにいつシャッターを切るかというむずかしさもあるんですよ。

幸田　体当りだけにくたびれもしますね。

木村　精神的にも肉体的にも疲れますね。ただ写される人が無関心で、何でも構わないという態度よりは、内面が出ている方がその点は楽ですね。それをカメラにとらえることはむずかしいことですがね。それが写真に出るか出ないかということですね。心は止まってなくてどんどん動いている。その心の連続をどこでとらえるか、それも一秒間の何分の一という短い時間で切り取るかという、それはむずかしいことですよ。

幸田　わたしは写す人も写される人も五分と五分だと思います。写す人だけの問題なら、こういう顔をしていたというだけになってしまいますからね（笑）。

木村　よくわかります。それがほんとですよ。写真は写す人のものだけじゃないんですから……。

＊＊きむら・いへえ（一九〇一―一九七四）　写真家。著書に『木村伊兵衛作品集』など。

父・母のこと

対談者　志賀直哉

幸田　こちらへお移りになって、今年は初めての新年でいらっしゃいますね。

志賀　そうです。

幸田　何かあそばしますか。

志賀　何も……。岩波で全集を出しておりますから、それに今書きかけの私のじいさんのことを間に合わせて入れようと思っているので、この正月は私は大変忙しい筈なのです。

幸田　お正月に特別に何かするということにお決めになっていらっしゃいますか。

志賀　ほとんどもう何もしません。今までは多少行事もやったが、今は何もやらぬですね（笑）。だんだんと行事というようなことも少なくなりますね。つまり変っちゃうんですね。

幸田　私共でもお正月のやり方はずっと決まっていたんですけれども、戦争でものがみんな焼けてしまって何もございませんし、あとを調《ととの》えることも楽にはできかねますので、どうしようかと思っておりましたら、父が話をしてくれまして、自分が生れた時分の維新のときには、世の中が今よりももっとひどい変り方をしたんだが、その時のことを思えば、いま正月の道具がないくらいは何でもない。何でも好きなように自由にやれ、屠蘇《とそ》の道具がなければ茶碗でけっこうだというので、乱暴な話ですけれども茶碗酒でもなんでもいいということになりまして、大層楽でございました(笑)。

志賀 私も屠蘇の道具を買った事があるんですが、そいつをどこにしまったかわからなくなっちゃってね、結局お屠蘇の代りにベルモットかなんか買って、それで元日は祝いました。

幸田 お書初《かきぞめ》あそばしますか。

志賀 私は習字ははなはだ下手なんですが(笑)、それでもやってみると面白く思う方です。よく色紙なんか書いてくれといわれますがね、まあ三十枚位書いてやっと一枚出来る位ですね(笑)。兎に角大変な悪筆なんです。

しかしあなたのお父さんは物を随分広く読まれたりなんぞして、しかも実際にじかに目で見て経験していられる。即物的に非常に興味をお持ちですね。こっちはね、何か見たりする方は好きなんですが、本で研究するという方は駄目なんです。だからどっちかというと本ばかりに頼っている博学は本当は好きでありませんが、あなたのお父さんは両方だからね。実際にも非常に興味をもってよく見ていられる、いろんなことをね。

幸田　主《おも》に私が何を教えられたかというとそのことらしいようです。

志賀　私が娘に教えるのもそれですね。物に即して実際に知っている人は割りに少いと思いますね。一緒に歩いていて、草や木を指してこれはなんだか知っているかと訊いて見て、知らない人が多いですね。それで名前だけは知っているんです。虫でも花でも何でも……。

幸田　植物が難かしいんですね。

志賀　動物でもそうです。何にも知らない。

幸田　煩《うるさ》くいわれて見るには見るけれども、批判をしないんです。ただそう思って見るだけなんです。一々それを見ろ、覚えろ、探れということをはたからすすめられる、その煩さは随分あったんです。私、蒟蒻《こんにゃく》なんというものは知りませんでしたが、それが戦後に市川へ行って住みましたら、あそこは古くから蒟蒻が名物で、すぐそれを探せというのです。私は随分面倒臭くていやだと思いましたけれども……。

志賀　そう。

幸田　先生御酒はいかがですか。

志賀　私は酒は大体飲めない方なんです。だけど今やっぱりビールの小瓶一つ位はうまいんですけれどね。戦争中は砂糖やあまい物が食えないため糖分の不足で酒が欲しかったけれど……。

幸田　私ども昔はお正月っていうと元日からずっと、朝から晩までお酒が続いて……、次々とお客様がいらっしゃる。父のほうはお相手でおしまい迄お酒が続きますから、翌日から胃が悪くなってかんしゃくが起りましてね、叱られて(笑)。……ですから私のお正月はふわっとした楽ないいお正月というような思い出はございません。いつも気を張っていなくちゃならぬというような感じばかりしまして……。

志賀　小さい時のことは御存じですか。

幸田　金巾《カナキン》で子供の紋付が出来ておりました、黒紋付でございます。金巾ですから、その冷たいこと冷たいこと、それを着せられますと、晴着というより寒いという感じでございました。子供のころのことというと、その寒いという感じを思い出します。まあ初めのうちはそれでもいいんですが、そのうち台所働きなんか出来るような年頃になりますと、お正月の料理というものは大体決まっておりますし、出来のいい悪いはすぐ分りますし(笑)、女というのはみんな本当に……。

志賀　考えれば本当に女中……。

幸田　そうでございますね。みな女中上りのように思われるふしもあります。

志賀　女中と同じですね。まあそうでない時もあるかもしれないけれども……。

幸田　先生のお家は……。

志賀　私の実母なんというものは今の数え方でいうと十五で嫁に来て、それで十六で私の兄貴を生んだんですね。それが二つで疫痢かなんかで死んで、それからまあ今の数え方で二十の時に私が次男で生れたのです。陸前の石巻というところへおやじが行っていた時に生れたのです。そして私が数え年で三つ……今の言い方で、二つの時に東京へ帰ってきた。じいさんやばあさんが東京にいたから……。それで私の家はおやじも一人っ子だったので、私の兄は死んだし、まあ跡継ぎが絶えるということは、昔の人は大変なことだから、私の父母からじいさんばあさんは私を取り上げてしまったんですね。そうして食べ物は随分やかましくて、天プラだとか、それから、かに、えびの類は絶対に食べさせられなかった。随分後迄食べさせられなかった。まくわ瓜、西瓜なんというものは大きくなるまで食わなかった。そうしてこれを今度又書こうと思うんですがね。一人っ子でいて私は母に抱かれて寝たという記憶はあまりないし、いつもじいさんばあさんの間に寝ていた。だから母は私は取り上げられているし、一人で女中みたように毎日を過していたわけですね。母が三十二の時に、私が片瀬の学習院の水泳場に行ってる時にじいさんから手紙が来て母が妊娠したというんですね。それで非常に私は喜んだんです、兄弟がないから……。それが、ひどい悪阻《つわり》で結局なくなったんですがね。今考えると舅姑に対して女中代りの生活をして、子供は取り上げられて、一人にさせられて、今度こそ自分の子供が出来ると思っていると、それがもとで悪阻になって死んじゃった。

近頃それを考えて、母が可哀想になって堪らなくなったんですよ。その年というのが今の三番目の娘より二つ若いんですからね。大体私は母親を思って、いい年をしたおやじが、どうとかこうとか書いているのを見ると、何だかばかばかしく思う方で、実は嫌いなんですけれども、今娘がそれを二年越しちゃったんでね。そうなると娘に引比べて今度は母を考えて可哀想になってくるんですよ。それはじいさんばあさんに私が取り上げられたことも、じかには昔者のことだから不平は言えないんですね。それで私がわがままで困るといって泣いていたというのは、本当にそういうことがあったと思うんですよ。そいつをね、以前「母の死と新しい母」という短篇に書いたけれど、今見ると本当の事が分っていなかったと思うんですよ。やっぱり年とっていろんなことが分ってきたのでそれを今度書いてやろうと思うんですがね。

幸田　私の父がよく、女でも男でも年が違うとこれはいかんともしがたいことだ、七十なら七十、八十なら八十になってみなさいと言っていましたが、私は口っぱじけで、つい「なる迄は分らない」とこう言ったのです。今になって、しまった、と思って切なくなっております。なぜ、八十ってどういう状態なのか、静かに聴いておけばよかったと思います。私が八十まで生きられるとは限りませんし、なってみて分る八十なら珍らしくとも何ともない、ならないで知る八十は五十歳にもどんなに役に立ったかと後悔しております。そういう口っぱじけなことを言った私が現在一年一年老いて、からだも気持も物のうけとりかたも変って参りました。本当にこれは大変な損なことをしちゃったと思っております。……先生がそれをお書きになるということは、書かれる方はしあわせでございますね。

志賀　やっぱり前に分らなかったことがだんだん分ってくる。しかしまあ一寸面白い感じだと思うんです。

幸田　どうもおじゃまをしまして長い間お妨げをいたしました。

＊　＊

しが・なおや（一八八三―一九七一）　作家。代表作に『暗夜行路』『和解』など。

心をつぐ——幸田露伴翁と酒

対談者　伊藤保平

伊藤　やあ、幸田さん、しばらくでした。

幸田　しばらくでございました、本当に。思いがけないお目にかかり方をいたしましたね。

伊藤　きょうは先生の命日じゃないんですか。

幸田　はあ、そうでございました。

伊藤　たしか、昭和二十二年でしたから、ちょうどことしで足掛十年になりますね。

幸田　そうでございます。十年になります。

伊藤　私も先生には、御付合の日が浅かったんですが、ちょうどお亡くなりになりまして、新聞の記事を朝拝見して、逗子から通っておりまして、電車の中で山本有三君と一緒になったんです。先生がお亡くなりになったことを、山本さんも非常に残念がって、色々先生の御生前の御話が出ていたんです。一緒に参議院に行っていた時で登院する途中だったんですが、いろんな話のあいだに、大文豪に対して国会としては、今までなんかした先例があるんですか、どうとかすべきものじゃないかと思うんだが、と言ったら、山本君もぼくもそう考えているんだ、ということで、色々と話したけれど、別に国会がどうという先例もなさそうなんで、これから行って、ひとつ皆に話そう、ということから、ちょうど私らの属しておる緑風会で、山本さんが、いろいろ話した。皆も、それはよかろう、ということで、それから、山本さんが国会で参議院を代表して、追悼の演説をなさったんですが、衆議院もそれを聞いて、いや、おれの方がさきにやる、ということで……(笑)。それから、両方でやって……。たしか、あの時は、社会党の内閣でして、片山総理が御葬式には、おいでになったように記憶しております。

幸田　そうでございます。

伊藤　早いものですね、十年になりまして。

幸田　たしか、あの……、伊藤さんと父とお目にかかったのは、私の結婚の時でございましたね。

伊藤　そうですね。あの時に初めてお目にかかりまして。その前、よそながら、お目にかかったことはありましたが……。これは古い学生時分のことで……。

幸田　結婚式みたいなところで、父を御覧になって、どんな風にお思いになりました？　私のいくつかの思い出の中で、これは、自分の結婚式だったものですから、どうも、その日の父の姿というのは、あまりハッキリは……自分のことばかりで……憶えていないんですけれど、どんな風に御覧になっていらっしゃったか、御話うかがいたいな、なんて思うんでございますよ。

伊藤　私も、申上げるほど特別に注意をして見ましたことはないんですけど、まあ、お年もだいぶん召していらっしゃいましたからね。それに、俗に言う片親ですか……。

幸田　はあ、そうでした。

伊藤　おっかさん(実母)がおられませんでしたしますから、やはり、えらい方でも普通のなんじゃないんですか。ヤレヤレと言うような……。うれしそうな風にしておられたことは事実ですね。

幸田　そうでございますか……。

伊藤　ことに、ああいう方ですから、言葉の数も少い方だったから、何もおっしゃいませんで、ただもう、ニコニコしておられて、大分文士方もおられたようでして――われわれ存じませんがね――そういう方とも、いろいろ高話をしておられました。御心境について、私とくに伺ったことはありません。新川のおばあさん(文さんの姑)には、時々、話をしておられたことがありました。そのおばあさんも、えらい方と縁組をしたんで、非常に気が張って、御話なんかが大学者の前へ行くような気がして、しじゅう教えていただくような感じがして……、年はおばあさんのほうが、たしか、少し上で……。

幸田　そうでございました。

伊藤　そうです。ちょっとしか違いませんでしたけれど、そういう風に言っておられたようでした。なんでも、お酒もお好きやったせいで、酒に縁のあるところへ、あなたがかたづかれましたので(笑)、なんか縁があるような感じを持っておられたのか、新川のおばあさんに、「酒」の字を沢山書いて、それを上げられたことがあって、おばあさん喜んで私に見せておられた。

幸田　巻物にしましてね。

伊藤　ところが、私もあの酒の文字を集めておった。

幸田　ああ、そうですか。

伊藤　こっちは商売がらですからね。ずいぶんながくかかって、私のほうが少し字数が多かったんですよ、先生の集めなさった字数よりも。

幸田　ああ、そうですか。

伊藤　その話を、先生にいっぺんしましたら、「そりゃ君のほうが専門だから。」(笑)

幸田　ああ、そうでございましたか。

伊藤　「ぼくは、片手間で思いついただけだから」と。あれは昔のシナと日本の有名人が草書の書体を、それから篆字《てんじ》も集めて……。実は、私もあれを心掛けておったんですが、相当ながい間にわたって、機会あるごとに集めて、今もなお集めつつあります。私も再来年は七十七になりますからね。そのときに、ひとつ、それを出版しようかと思って、しきりに写真にしております。

幸田　あれは、やはり下書きと、本当に書いたのと、ふたつでございまして、下書きのよりは、あらためて書いたもののほうが、数もいくらか多くなっておりますが……。きっとあなたがお集めになったものは、それよりもズッと多いのでございましょう?

伊藤　私は、なんかあると集めておりましてね。シナと日本を通じて、だいたい。しかし、日本では、探したら数かぎりもありませんが、有名人でないと、くずし方がくずれて、草書なんか格が落ちています。

幸田　正しくなくなりますからね。

伊藤　ただ、その中で——話が少しむずかしくなるけれど、「酒」という字の昔のシナの篆字ですね。あれは「酉」という字がもとなんです。さんずい偏じゃなくて、左に三つ点がついて酒の字、ところが、古い文字に、右に点が三つある字があるんです。

幸田　はあはあ。

伊藤　これについては、先生にお尋ねしたんです。先生はやはり、昔の酒の古字だという御話でしてね。ところが、古字だが、なぜ、右左に区別したんだろう、という疑をながく持っておりまして、その後、最近になって、殷の時代の文字にそれがありましてね。殷というと中国でも、一番古い時代でして、周よりまだ前なんです。酒の中で、濃いほうの酒が、右のほうに点を三つ打ったらしい。普通の酒が左に三つ点を打ったらしい。区別したんです。三重醸の酒という風になっている。のちに、その字が、今の焼酎の「酎」の字に変っているんですなあ。

幸田　ああ、そうでございますか。

伊藤　「酎」の字の古字が、右に点が三つあるやつで、あの「寸」という字が一劃、二劃、三劃でしょう。だから、点三つから寸になったんです。それが焼酎の字で、「チュウ」という音は、シナでは酒の字と同じ音です。そのことを先生と、ツイ、あれせずに終りましたけど……。

幸田　あれを書きましてから、今はもう、二十七、八年になりますね。

伊藤　そうです。あれは、あなたの御結婚後、まなしのことでございましたからね。

幸田　そうでございます。お正月の筆始めに書いてくれたんです。

伊藤　それから、一どあなたにお目にかかったら、と思って、ツイかけちがって……。先生は、あれだけ沢山、いろいろお書きになりまして、全集も最近、三十六巻ほど出たんですが、先生の全集、あの中で今度しらべて見ますと、酒のことが、わりに先生、書いておられませんね。

幸田　少いんでございますね。

伊藤　なんか、特に酒のことがあるかと思って……さがしたんですが……。

幸田　酒の税金のことなんか、書いておりましたでしょう？

伊藤　そうですか？　全集の中に？　中国の税金のことじゃなくて？

幸田　ええ、中国ので。それは、諸葛孔明のことだとか、「小雅」のことだとか、というようなことで、酒の税金について、少しなんか書いているらしいんでございますよ。

伊藤　そうですか。

幸田　でも、私はその話はとても、むずかしいもんですから、ね。

伊藤　それは随筆の方の中ですか。

幸田　はあ。

伊藤　そうでしたかな。たいてい私はしらべたんですけどね。「酒の」なんてのがあるから、これは先生、相当だと思ったら……(笑)。これは、第一編か第二編ぐらいで中絶して、あと筆をやめておられます。これをもっと続けられたら、おもしろいと思いますが。それから、「酔興記」というのは、元日から中仙道のほうへ旅をされて、酒ばかり飲んで、酒の旅というのがあるけど……。そのほかに、酒の考証とか、酒についてのことは、どうも……。釣や将棋のほうのことは、たくさんありますがね。

(注、つぎにでる新刊第三十七巻には、酒に関することが多いとのこと。)

幸田　私が、お酒で聞いておりますのは、固い、そうした考証のようなものよりは、俳句なんかで、聞いておりますんですけれど、ね。「ああ降つたる雪哉詩かな酒もがな」なんて、そんなのが……若いころに雪の降った日に、私が台所をするのがつらいから、なるべくサッサと切上げてしまいたいと思っているのに、「そこに、詩とそれから酒がないのは、殺風景な生活じゃないか、そう思わないか。酒を飲まないやつは、そういうところがイヤだから」と言って、「飲んでも飲まなくても、こういう日に人が見えたら、まず酒を出すんだ」というような風に、教えられたりしたんでございますよ。

伊藤 そういうことは、なかなか先生やかましかったでしょうね?

幸田 はあ、そうです。

伊藤 たべ物とか、お酒の燗なんかもやかましい方で……。

幸田 ええ、とても。お酒の燗なんかは、とても、むずかしゅうございました。

伊藤 そうでございましょうね。

幸田 はあ。そして、お銚子のなかに、ドッサリお燗をして、それが、さめるまで平気で飲ましているような女は、亭主に去られてもしかたがないじゃないか、なんてことを言いまして(笑)。たいていは、グラス一杯分ぐらいのお酒を燗して、それを一度に器へついで、そして無くなるころに、また新しい、ほどのいいお酒が出てくるというようでないと、気に入りませんでした。「それでなければ、もういっそ、手酌でお前たちなんぞ、そばにいなくても、いいんだ。自分がひとりで、文句なしにして、たのしむから」というようなことを申しておりましたけれど、どうも、私は、伊藤さん、考えますと、酒屋にも嫁に行ったし、それから、そういう酒好きな父を持ったしするけど、こうして、死なれて十年たって見ますと、いいお酌というものは、私はいっぺんもできなかったような悲しみが残っております。それはねえ、この間、あるところに参りましたら、ものを食べさせるうちの、まあ、女中さんといいますか、別になんということないおばあさんなんですけど、その人が、お酒をついでくれますのが、本当に年よりですから、しわだった手で不器用に、ただ、ついでくれるのですけれども、徳利の中から出てくるお酒は、その人が心を傾けて、ついでいるという風なんでございます。私はお酒を飲みませんけれど、ヒョッと見ましたとき、からだ中の毛穴が立ったような気がして、「ああ、お酒は、こう、心をしてつぐものなのだ」と思いまして、私は、父にも亭主にも――好きな人にも――お酒を、ツイ、うまくついだことがない、雑な女だったという感じがして、実に後悔したのでございますよ。お酒というものは、心をつぐものでございますねえ!

伊藤　燗の温度も……。

幸田　そうでございますねえ。

伊藤　私も前に、くにの学校に、卒業前に行って、酒の講演をしてくれ、と言われると、「もう近いうちに、お嫁さんに行かれる卒業前の方だから、燗だけはよくおやりなすって……そうしたら、そとで悪い遊びをしなくなるから」と言って(笑)、燗の方法を教えましたけれどねえ。やっぱし、なんですな、酒を、ちょっとあがる御婦人の方が、燗が上手ですかね。

幸田　はあ、それはもう、そうでございますね。

伊藤　中には、ちょっと一口ずつのんで、燗を試す人がある。あんまり多くなると、しまいに試しているうちに、燗番の方がよっぱらってしまうという……(笑)。

幸田　それも困りますね。

伊藤　その点は、先生はおやかましかったと、お察しするんですけどね。それから、もうひとつ、いつかあなたが何かにお書きになっていたから思いだしたんですがね。先生はなまのお酒がお好きでしたでしょう。酒が初めてできたのを、渋の袋に入れまして、それから、しぼって、粕と酒を離して、まだ色がすこし白い、混濁して。それがお好きやった。それをお送りしたことが何べんかありました。

幸田　頂戴いたしましたね。

伊藤　ところがその時の、先生のお話でも、また、ほかの人からも、そういうようなことを聞いたのはねえ、それに、白梅のはなびらを浮かべて……。

幸田　紅梅でございます。

伊藤　イヤ、それをあんた「紅梅」と書いておられたですね、『週刊朝日』かなんかに。

幸田　はあ。

伊藤　私は、白梅と聞いておったのに、あなたが紅梅と書いておられたので、どっちだったか、と思って、先生は、紅梅と言っておられたですか。

幸田　紅梅の方が、艶麗なんだと言って。白梅のほうが東京では多少はやく咲きます。紅い梅は少しおそい……。それが、ちょうど、あの搾り始めの時期に来るんでございますね。それで、玉《ぎょく》の杯の中へ、白くにごったお酒が入って、そこへ赤い梅が浮くっていうのは、実に艶麗だって申しておりましたが、あれは、おいしいもののようでございましたね。

伊藤　あれは私も方々から所望されます。よく、その先生の話をしたんですよ。それから、みんな真似をして、私は先入観か、すべて、白い花の咲くものは、南天でも白梅でも白い桃でも、みな薬になる。色のある花のものは……。

幸田　よくない。

伊藤　よくないこともないでしょうが、薬にはならないと。だから、香りも白い方が……と。

幸田　そうでございますねえ。

伊藤　自然、先生も、そういう意味で、ただ白い梅だとばっかり、今まで思っておった。なるほど、紅梅は、ひとつは色の風情も配合もよい。白い所に白いものよりは、白い所に紅梅がひとひら……。

幸田　その方が、およろしいようでございますね。

伊藤　よくシナの鱖魚《けいぎょ》という魚に桃の花の赤いのがパッとついていると——日本の桜鯛に桜の花が映えていると——ひとつの感覚と言いますかね。目の感じですか。それから行けば、紅梅の方が……。

幸田　はあ。

伊藤　あなたが、いつか書いておられるのが紅梅だったから聞いてみたんです。

幸田　わざわざ紅梅のある家を尋ねて、枝を貰った……。

伊藤　新川のおばあさんが紅梅を一枝そえて、持って行ったという記事がありましたね。

幸田　はあ、おばあさんが届けて下さいましたの。

伊藤　先生、喜ばれたでしょう？

幸田　「心尽くしというのは、こういう風にするものだ。いかにも、下町の、お酒をながく扱った人のやり方だ」という風に聞かされました。

伊藤　なまの新酒をお送りすると、大喜びでお礼……よっぽどお好きだったんですね。

幸田　私が子供のころは大変のみまして、貧乏どっくりというのがございますね、あれなんかが、ゴロゴロしていたことも、憶えておりますし……。それから、だいぶ気の荒れるお酒だったように記憶しておりますが、私が、台所をするように大きくなりましてから、まさか、娘の前でそうもできないからでございましょうかしら、だんだんと、いいお酒になっております。まあ、晩年は、あの戦争でお酒がなくなって、飲めなくなったころには、いちばん、いいお酒ぶりだったのではないかと思いますねえ。

伊藤　はあはあ。

幸田　それも主に、ひとりで飲むお酒でございましたね。私も誰も、そばに居なくて、ひとりで飲むお酒でございました。

伊藤　おひとりで?

幸田　ひとりで静かに飲んでおりましたねえ。なくなりましたあとで、若いかたがたのお酒の召上りよう……。それからまた、こういう風にだんだん、きょうこのごろは、お酒もどっさり出ておりますし、女のかたもあがったりして、いいお酒というのも、見ない訳ではございませんけど、荒いお酒の飲みようをしているなという感じでございます。父と比べると。

伊藤　なんかで拝見したことがあって、さきほども、ちょっとお話をしたんですが、そのほかのものでは、味ということについては非常に興味を持っておられた。

幸田　敏感でございました。

伊藤　俗に言う、ずいぶん、イカもの喰い……。それもやられたらしいんですなあ。お書きになっているものの中を拝見すると、野草だとか山菜……、毒草をウッカリして食べられかけたというようなお話もあったように思いましたが、だから、いろんなものを、研究的に、ナニされたんですねえ。

幸田　はあ。なんだかゲンゴロウ虫だとか、あんなようなものも食べたりなんか、いろいろ食べておりましたねえ。でも、私にはそういうものを食べろとは申しませんでした(笑)。

伊藤　明治の時分は、なにかに、なつかしいですからね。先生は、下町好みがあったんですねえ。

幸田　ええ。それに、生みの母は下町育ちで、父が生れたのも、下谷ですし、やっぱり大体が、ごくあたりまえの人の暮しだったんじゃないか、と思いますね。ことに、貧乏だったし。

伊藤　あなたが下町におかたづきになったのも、やっぱり下町には、おっかさん以来のナニがあったんじゃないですか？　おっかさんに対しては、先生は非常に惜しがられていられましたな。下町風の美人で……なくなられてからでも……永く……。

幸田　はあ、私も聞きました……。

伊藤　薄命追慕の感があったから。

幸田　下町は、やっぱり、好きだったんだと思います(笑)。新川のおばあさん、あの方なんかは「いわゆる下町の女というものにふたつの系統があって、ひとつは、キンキンした気負いのような人、ひとつは、また、あのおばあさんに見るような、物静かなゆったりした風があって、新川のおばあさまは、そのひとつの代表的な、残り少くなった型だ」って、申しておりました。ですから、「おばあさんのなさることを、よく見て、得難いものだと思った方がいい」ということを申しておりましたけれども……。

伊藤　明治の三十二、三年ごろでした。初めて東京にきた時分には、明治のなにかが、下町には残っていた。言葉でもふたとおりありますね。本所の木場とかあっちのほうの言葉と、神田へんの言葉、それから魚河岸へんの言葉と、日本橋の問屋へんの言葉と、ちょっと、同じ江戸ッ子でも、ふたとおりあります。

幸田 そうですね。

伊藤 婦人の風俗なり、その他についても、どうも二派あったようですね。

幸田 おばあさまのは、物堅さとか、やわらかさとかいうのが、いかにも永く続いた東京の人の面影があるから。よく新川のおばあさんは、私の化粧が——顔をつくることが乱暴だから、もっとよく化粧をして、紅をつけろ、とおっしゃるんですけど、私はそれがイヤだったんですけど、紅のことを「おいろ」っておっしゃって、御芝居の総見があったりなんかすると、「おいろ」をつけて、おでかけなさいって。それを私は、大変イヤだ、って申しましたら父が、「そう言うもんじゃない。紅と言わないで「おいろ」と言われるその人の心中というものを考えて見ろ。よほどのことがなければ、強いてなんども、それをしろとは言わない筈だから、そのへんを考えて御覧」と言われたことがございます。けど、折り目の正しいというのか、なんというか……、そういうような所は、おばあさんのことを、父は、一つの代表的な型だと言っておりました。

伊藤 あなたもやっぱり、下町風に育ったんですか。まげにしても、着物にしても、下町風だったんでしょうか。

幸田　いいえ。下町よりも、私はまるで、村ッ子で、からかまわない乱暴な風で、育ちましたんですよ。こう、わら草履をはいて、風の中をとびあるいている、といったようなんで、その点、子供の時は、父がかまいませんでした。すこし大きくなりましてからは、何もかもビシビシとやられた訳でしたけど、それを今考えれば、上品ということより、いくらか、粋筋のほうへ向いていたかもしれません。よくなんか、明治の芸者さんのおえん、ぽん太というのがあって、そのぽん太は、ボタッとしていて、おえんは、ほそかった。ふたり比べた姿っていうのを、よく聞かしてもらったりいたしましたんですけど、やはり、山の手というよりも、粋で、スキッとした方が好きだったのかもしれません。父自身は、美人はボタッとしているほうが好きだったんです(笑)。

伊藤　そうですか。豊満な、豊麗なほうが……。あなたが、新川という下町へお嫁入りになったんですが、ああいう所を御覧になった御感想は、残っておりますか、残っておりませんか。

幸田　はあ、もう、私はやはり下町の、あの、ことに新川の中のような特殊な世界というものは、大変、強烈に残っておりますし、今は、新川というところがなくなりましたけど……。

伊藤　はあ、まったく、亡びました。

幸田　そうでございますね。なつかしいものに思って、記憶しておりますねえ。

伊藤　あなたのおいでになった時分が、もう最後でございましたですね。

幸田　はあ、そうでございますねえ。お酒の樽を粗相してこわすと、あの杉の新しい桶に受けて、わらが浮いたりなんかしたまんま柄杓《ひしゃく》をつけて往来へ出したりなんかしたこともございましたね。

伊藤　はあ。ああいうことはもう、あれにかかわらず、今は何もかも変りましたけど。

……今日は、はからずも……しかし、時間が……。

幸田　はあ、さようでございます。ありがとうございました。

＊　＊

いとう・やすへい（一八八二―一九六五）　西宮酒造会長。参議院議員。

幸田露伴と探偵小説

対談者　江戸川乱歩

江戸川　探偵小説専門雑誌の『宝石』を、しばらく、私が自分で編集することになりましたので、毎号、探偵小説に興味をもっておられる有名な方々と対談をやるわけです。しかし、私には徳川夢声さんのようなうまい話はできませんので、相槌をうつ役に廻って、主として相手の方に喋っていただくという虫のいい考えなんです。そこでまず第一回に幸田さんにお願いしたのですが、これは噂を聞きましてね。あなたも探偵小説がお好きだし、お父さんの露伴先生もお好きだったという……。

幸田　ええ、ええ。親父から好き(笑)。

江戸川　そうですってね。

幸田　一体にうちじゃあみんな好きじゃないのでしょうかしら。

江戸川　みなさんというと?

幸田　叔母(幸田延子)なんかも、叔父(幸田成友)も好きだったようですし。

江戸川　叔父さんというのは？

幸田　キリシタンの方と経済史や書誌学をやっておりました。

江戸川　文筆家ではなくて？

幸田　すこし随筆など書きました。もうみんな亡くなりましたけれども。むかしの『新青年』はみんな読んでいました。従弟などもみんな。

江戸川　従弟っていうのはどういう方？

幸田　いま放送局におりますのや……。

江戸川　その叔父さんの息子さんですか。

幸田　叔父の娘もおりますし、いまヴァイオリンを弾く叔母がのこっておりますし、その叔母のこどもたちも好きだったのですよ。

江戸川　そのいまのヴァイオリンを弾かれる方は？

幸田　安藤(幸子)といいます。

江戸川　ああ、安藤さんね。

幸田　叔母は読んだかどうだか知りませんけれども、叔母のところじゃみんながそうです。

江戸川　幸田露伴先生がお読みになったことをお聞きしたいのですが。

幸田　『新青年』は買って読みました。たいていの雑誌は寄贈になるのですけれども、あれはどういうものだか寄贈にならない(笑)。

江戸川　露伴先生がお好きだとは知らなかったでしょうからね。そういうことを知ってたら寄贈したんだろうけれども。『新青年』読んでお話なんかなすったですか。

幸田　ええ。

江戸川　あなたの非常に小さい時分ですね。

幸田　小さくもありませんね。十五、六からはたちすぎぐらいまで。

江戸川　『新青年』がお父さんのところにあるからあなたも読んだという……。

幸田　誰でも興味をそそられるんじゃないでしょうか。

江戸川　ええ。しかし探偵小説の読者はそれほど多くないですね。政治家なんか非常にえらい人で読むのもおりますし、特殊な読者もおりますけれども、誰でもというわけじゃないですね。

幸田　何か父が書いたものの中にも、やっぱりいくらか……。

江戸川　当時の小説というのはみんな筋がありますからね。筋を考える。筋の上でそういう探偵小説的なサスペンスを盛るというようなこと、ね。

幸田　「白眼達磨」とか「自縄自縛」というようなものがそうじゃないかと思います。

江戸川　短篇ですか。

幸田　「自縄自縛」の方はちょっと長いものです。嘘つきが嘘をついたら、その通りの殺人事件がほんとにあったという話です。よくお酒飲んだり何かしたときに話してくれましたけれども。

江戸川　自分でお書きになったものをですか。

幸田　それを敷衍したりしてね。まあ、ああいうスリラーものの方に余計いってたんじゃないでしょうかね。

江戸川　そうでしょうね。それで怪奇小説のような味もおありになってね。私は「対《たい》髑髏《どくろ》」というのがね、非常に好きなんですよ。西洋のシューパナチュラルの小説にね、似たのがあるのですよ。露伴先生のは東洋的なものですが、あれに似たのが西洋にものちに出てますね。むろん味は違っていますけれども、あれはしかしなかなかいいものでしょう。発表当時も評判になりましたね。

幸田　自分ではあまり好まなかったのですけれども、やはり書いたんですから、その時分にはそういう気分が濃厚にあったのでしょうね。それに一体に父には、不思議っていいますか、こわさといいますか……。

江戸川　不思議という味はありましたね。

幸田　ポーの渦巻の話ありましたね、樽の。

江戸川　渦巻の中でグルグルまわる話。

幸田　あれなんかのこともよくいってました。そういう意味では水の不思議さっていうかこわさっていうことで、小説に仕立てられるものがいくつもあるっていっていました。

江戸川　お書きになったものでそういうものなかったですか。

幸田　「幻談」がそうですが、あれは雑誌社が速記で取ったんです。そんな年とってからはできなかったらしいのですね。若いときにはそういう興味が勝っていたらしい、書くのが。ことに釣りをするものですから、夜の水なんかっていう、それが面白い話があるんだということをね。また実さいに遭遇したこともあったんじゃないでしょうか。

江戸川　水をみて直接感ずるところはたくさんあると思いますね。非常に多方面でしたね、お父さんは。

幸田　わりあいにね。

江戸川　碁か将棋かどっちだったか……。

幸田　将棋。

江戸川　つよかったしね。

幸田　はあ。

江戸川　釣りは上手だったらしいし。

幸田　強情っぱりで自分でやりたいものしかやらないようですけど、ですから釣りは川のすずきだけが専門になってほかはやりたくなくて。

江戸川　芭蕉の連句の解説をたくさんお出しになっているでしょう。あれは非常に面白いですね。

幸田　あれなんかも好きでやったことなんですけれども、短い中へ圧縮して入れるっていうのが面白くて。あのなかに「曙の人顔牡丹霞にひらきけり」という句がございます。これを五七五の俳句に読めといったって読めません。父は評釈で、「曙の領《えり》は丹霞にひらきけり」と読み改めているのですが、探偵小説なんかの解読法につながる一種の興味だともいえますね。

江戸川　それと露伴先生のお作には経文の文句が非常に出てくるんですが。漢文の経文をよくお読みになっていますね。ですから、仏教精神のようなものもむろんおありになったんだろうけれども、信仰はなかったのですか。

幸田　正式に何かによらなければならないから仏教にしてるようでした。でも私のうち、お祖父さんがヤソ教なんです。早ぁい、明治のね。父の若いとき、植村正久さんにうちじゅうが洗礼をうけましたが、父だけはうけずに、ですから何でも平気ならしいのです。

江戸川　本当の信者というものにはおなりにならなかったのですね。あなたはいかがですか。

幸田　私はヤソ教の女学校にいきましたから、若いころにはその教えの中に縛られている方が安全なような、頼りのあるような気がしましたけれども、やっぱり信者にはなれないようですね。

江戸川　で、露伴先生の話ばかりでなく、あなた御自身の探偵小説をお読みになったはじめのところを……。

幸田　はじめは映画じゃなかったかと思うのです。探偵映画ってものじゃなかったですけど。

江戸川　いつごろかなあ?

幸田　エディ・ポロのころですよ。

江戸川　『名金』ですか。

幸田　『名金』だとか『的の黒星』とか。

江戸川　『名金』って面白かったですね。

幸田　六巻ずつやって、あとは来週のおたのしみっていうのですね。あとどうなるということで、当てっこすることからはじまったんだと思います。

江戸川　お友だちと?

幸田　いえ、親父と(笑)。

江戸川　露伴先生もごらんになったのですね。

幸田　大変な映画好きで、先へいっちゃうのです、こどもたちより。それで、俺は先にみてきた、お前たちはあとからみてこい、来週はどうなるか当てようじゃないか。……父は少年だったころは芝居好きで、すぐ上の兄(のちの郡司大尉)といっしょに、「文弥殺し」か何かをはじめて見に行って、このあとはこうなる、こうならなくちゃならないと当てたことがあるそうです。そんなところから脈を引いてるんでしょうけれども、父のそういう教育で、スリルの味ってものを私はおぼえたかと思います。

――『新青年』はそのころですか。

幸田　『新青年』はまだあとですね。

江戸川　『名金』の時代には『新青年』はまだ出ていなかったですね。

幸田　いつからですか。

江戸川　『新青年』の創刊は大正九年です。『名金』っていうのはもっと前です。たしか大正五、六年でしたね。『ジゴマ』の映画はごらんになっていませんか。フランスの映画でした。

幸田　『ジゴマ』っていうのは『名金』の……。

江戸川　ずっと前です。

幸田　名前だけは聞いてますね。

江戸川　僕はその時分名古屋にいて、小学校の上級か中学校の下級だったです。それまでは活動写真ってものはあまりみてないのです。はじめの活動写真というのは汽車がずっと走ってくるのだとか、日露戦争のものなんかあったけれども、それは劇とはいえないものでした。ところが『ジゴマ』ではじめて面白い劇映画っていうのをみたって感じなので、私は同じものを三べん見にいきました。『ジゴマ』は時代が違うからみていらっしゃらないですね。

幸田　そのころ私が興味をもったのは、手が鉄でできている男が活躍する……。

江戸川　『鉄の爪』ですか。

幸田　ああ、そうそう。それが人を、硫酸だか何だかのタンクの中に入れるんですね。そうするとズブズブズブズブッと煙が出て形がなくなっちゃう。それがどういうことになるかが、わかるかわからないかというので、父と喋ったことをおぼえています。

江戸川　お父さんと？

幸田　ええ。骨がのこるかしら、のこらないかしらっていうんで、結局どうなったんだかもう記憶はありませんけれども。

江戸川　あれは実さいの事件があったのですね。十九世紀の終りごろ、アメリカで……。

幸田　塩酸ですか、硫酸ですか。

江戸川　どちらでしたか、ともかく「強」のつくやつです。それをタンクの中に充たしてその中に死体を放りこむという実さいの犯罪があったのですよ。そういう装置をつくって、特殊の建物を建てたんですね。アメリカのどっか、ニューヨークじゃありませんが。そこへ殺した人を放りこんでは消していたわけなんです。有名な事件ですね。

幸田　そうすると残るんですか。

江戸川　残らないですよ。

幸田　骨まで？

江戸川　ええ。ただ洋服の金属のボタンだとか金歯などが残るんですよ。

幸田　それじゃやっぱりだめですね。

江戸川　それをどう処理したらいいかということを、アメリカの探偵小説の随筆で書いた人があるんですがね。この方法は人間を消すのには一番いいにはちがいないけれども、ただその設備をつくるには、これは大変ですよ(笑)。設備が残っちゃうから、非常に大きな手がかりが残るわけですね。

江戸川　それで何かその当時お読みになったものはありませんか。涙香はお読みになりました？

幸田　ああ、涙香、これは大変読みました。それから江見水蔭さん。

江戸川　江見さんは涙香よりもずっとあとまで生きてました。

幸田　たしか江見さんにお目にかかったような気がするのですが。

江戸川　お会いになったでしょう。お宅へいっているでしょう。黒岩涙香は覚えてませんか。しかし新聞記者としては恐らくお父さんにお目にかかってますね？

幸田　そうですね。

江戸川　涙香という人は『万朝報』の社長でしてなかなかやり手だったのですが、小説よりもその方が本職だったのですね。涙香の小説では何かご記憶がありますか。いまでも涙香の本は出てますよ。戦前にはポケット判が出ていましたし……。

幸田　私はどんな本で読んだかしら、もう本の体裁も何も忘れてますけれども、涙香を読んだのはもう十六、七になってからだと思います。

江戸川　さし絵をおぼえてますか。西洋の銅版のまねしまして、非常に何かエキゾティックなさし絵がついていました。こわい、ね。あれは非常に頭にのこるのですけれども、むろん元の本でお読みになったと思うのだが、大型の菊判の……。

幸田　父のところへはいつでも出版社の人が来ていますでしょう。それだから、お前読むんならといってすぐと、声かけてくれると、出てきちゃうんです、探すってことなしに。あたしはちっとも作者の名前も本の形もおぼえないんです。よくない習慣です。

江戸川　それからシャーロック・ホームズやルパンですね。あれは『新青年』以前に訳されていますよ。

幸田　ああ、そうでございますね。

江戸川　ポーなんかと一緒にドイルの短篇なんかチョイチョイ訳されていたんです。

幸田　私、父にやっぱり聞いたんですが、あのころホームズっていわないで、ホルムズといってね、話してくれて、あの風《ふう》が大変ね、おもしろい、風がわりな人っていうふうな印象でした。

江戸川　主人公の探偵がね。

幸田　そうです。

江戸川　大変エキセントリックな……。

幸田　おもしろい人っていうふうな……。

江戸川　じゃその話はお聞きになったのですね。

幸田　はあ、父がお酒飲んでいるとき。

江戸川　露伴先生もお読みになったのですね。

幸田　それは私のこども、父からいえば孫に、くり返して喋っていたのですけれどもね。お前、面白い人がいるよなんていうのでございます。そして父の喋り方は大変に立体的な喋り方でしたから。

江戸川　目に浮ぶようにね。

幸田　ですからおそろしいところを強調されると……。

江戸川　こわい。

幸田　やりきれないくらい。
江戸川　お話の上手な方だったんでしょう、座談のね。
幸田　多分そうだったと思いますが、私の若いころに伯父が、お前のお父さんの話はそのまんま生きて歩いてくるから面白いんだって。伯父っていうのは変なことをやっていたでしょう、千島へ探検に行ったり……。
江戸川　有名な郡司大尉ですね。
幸田　ですから、もしお父さんが一緒にいったんだと、もっと活写ができるんだろうに。残念だといってました。
江戸川　それから『新青年』に入りましょうか。『新青年』はどんな御記憶です？
幸田　『新青年』はS・S・ヴァン・ダインですか。それから『黒死館』――小栗虫太郎って方です。
江戸川　あれは『新青年』が創刊されてからずっとあとですが……。
幸田　『黒死館殺人事件』というのは昭和九年ごろでしたか。
江戸川　たしか九年です。
幸田　もっとずっと前……。

江戸川　そうじゃありません。九年ごろです。

幸田　父が小栗虫太郎さんのことをいってましたけれども。

江戸川　昭和八年に書きはじめて、その次の年に木々高太郎が出て、ちょっとエポックをつくったんです。

幸田　昭和八年ですか。

江戸川　九年ですね。八年に書きはじめて、『黒死館』は二、三篇書いてから書き出したのです。

幸田　さいでしたか。そのずっと前です、父が『新青年』なんか読んでいたのは。ええとあれは昭和のはじめに小石川に越して、その時分にさかんに読んでました。

江戸川　昭和のはじめごろもさかんでしたよ。わりに作家がゾクゾク出た時分ですね。

——先生なんか一番活躍されたのは……?

江戸川　僕は大正の末だもの(笑)。だからまだ『新青年』は出て間もなく、まだ本当のああいう形になっていなかったです。もうすこし違ったものが入ってました。もとは青年の海外発展というような雑誌だったのです。けれども増刊がね。増刊ご記憶ですか。翻訳探偵小説ばかりの増刊。

幸田　ああそう、ございました。

江戸川　あれは非常に好評だったのです。翻訳ばかり集めましてね。それで非常にさかんなような気がして僕らも書く気になったのですがね。で、小栗虫太郎なんか愛読されたのですか。『黒死館』みたいなのお好きですか。

幸田　あたくしはそんなに思わなかったのですけれども、父は、この人かたまりそうだっていうんです。それをかたまらないで、もっといけばいいのにっていってました。

江戸川　かたまりそうだってことは？

幸田　形ができてしまって、外へひろがらなくなりそうだっていうんで、それが気になるけれども、もっとひろがっていけば、面白いのにって。

江戸川　なるほど。それは非常に面白いお話ですね。小栗虫太郎はもう死にましたけれどもね。露伴先生が注目して下さったと知ったら、地下で喜んでいるでしょう(笑)。

幸田　何をどう読んだっていうようなことが特別あったわけじゃないのですけれども。そのときそのときでね。

江戸川　しかしヴァン・ダインなんかはご記憶があるのですね？

幸田　はあ。あのころは映画にもなりましたでしょう？

江戸川　ヴァン・ダインの映画もきたことはきたんですが、それはあまりよくなかったです。

幸田　何でもそんなような映画も、いってみてこい、みてこいというように申しまして、つまりおしまいまでキュウキュウやってみる人なんですね。

江戸川　そうすると露伴先生は、つまり理屈、論理的なことがお好きだったんですね。

幸田　鍵なんかのことも面白がってましたね。鍵のトリックっていったらいいんだか何だか、鍵の道理っていうの、どうやったらどうなるというようなことを大変面白がっていて……。

江戸川　そういうこともお調べになった？

幸田　それから科学的な犯罪っていうことね。わりにそういった風な頭がいいんじゃないでしょうかしら。人間の心といいますか、魂といいますか、それには方向という意味のムキがあるということを、随筆に書いています。

江戸川　そうするといろんなナゾなんかを。昔からいろいろなナゾがありますね、遊戯的にやるナゾもありますし、第一将棋なんてものは一種のナゾみたいなあれがあるんですよ。ですから恐らくナゾもお好きだったんでしょうね。ナゾを解くことが。

幸田　父の将棋は模様の美しさを考えながら指すといっています。こう指すと手堅いが模様が平凡でおもしろくならないから、というようなわけでしょうね。模様を考えて指すような将棋は勝負師じゃないんで、おれはしろうとでいいんだって。晩年に書いた論文に、『参同契』という古いシナの書物のことがありますが、書いた人の名がどこにも書いてない。ほんとうはちゃんと書いてあるんですが、それが序文の文句のなかに隠されているんですね。長い間、学者が気がつかないで、わかったようなわからないような解釈をしてあったのが、そういうナゾだということがわかりました。魏伯陽という人の名で、魏・伯・陽・造という四字が隠してあるんだそうです。この本は錬金術の本ですけれども。それからシナの扶鸞《ふらん》の術というもの、西洋ではプランシェットといいます。シナには泥棒の専門書もあるそうで、取り寄せて調べたりした文章ものこっております。それから魔法というようなこと、そういうことを調べて書いたそうですが、さすがにそれについて書いてはいないようで……。それから古くからの易《えき》、人間の運命といいますか因縁といいますか……。

江戸川　それは非常に面白いお話ですね。作家というものは人生のナゾを解こうとしているんだから、根本的に謎と関係があるんですね。

幸田　心理的なナゾっていうようなこと、そういうナゾということではずいぶんいっていました。ナゾという言葉でね。ピアノを弾く叔母には大ぜいお弟子さんがおみえになるんですけれども、タチのいいお弟子さんばかりじゃないのです。そこで、いいピアノ教師であるためにはいい探偵でなければならないんだっていうんです。その子がどういう子なのか、なぜそうなるかってことは、父母《ちちはは》まで及ぶわけでしょう。家庭の時間割まで当てちゃうんです。この子は多分こういう時間割だからレッスンなんかできないんじゃないかと、つまりできない子のナゾを解いちゃうんですね。父もその式でやりたいということをいってましたので、記憶に残ってますけれども。

江戸川　つまりそうすると、人間の心理のナゾを研究するということに興味をもたれたのですね。

幸田　そうです。現在の状態というのはどこからきたのかということが出てきます。

江戸川　父母にまでさかのぼるのですね。

幸田　はあ、そうです。

江戸川　お父さんのお書きになった短篇の中に何か探偵色の濃厚なものはないかな。さっきおっしゃった二つありましたね。あれは僕はおぼえてないけれども、どういうものですか。

幸田　「白眼達磨」というのは、目が入れてない達磨の話でした。そこから犯人が割れていくわけです。

江戸川　それが何か謎になるのですか。

幸田　与力だか同心だかがそれを現場で拾って、何の気なしに持ち帰って、それを見ているうちにナゾが解けていくというような……。

江戸川　ああ、そう。思い出しました。そのほかにも二つあるんですよ。純粋探偵小説としてお書きになったのは、「是は是は」というのと、「あやしやな」という、一つは西洋探偵小説みたいなものですよ。翻訳じゃなく自分で勝手に創案して書かれたんですが……。

幸田　「是は是は」の方は日本の古い探偵小説の、北条団水の「昼夜用心記」のなかから翻案して、鹿鳴館時代の話にしたものだそうです。「あやしやな」の方には、たしか昇汞《しょうこう》のことが出てきますが、父は薬物に興味をもっていまして、その前に書いたほんとうの処女作の「露団々」にも、シンパセチック・インキのことなんか出ています。それが晩年にはさっき申しました錬金術とか、言い忘れましたがマジック・スクエアーとか、魔方陣でございますね、その研究を十七歳のころにしたのがのこっていて、そこいらから易だの数字だの人相だのに入っていったのかと思います。よくわかりませんけれども。私に関係したことでは、『新青年』を読んでいる時分に、この式でどんどんやっちゃえというので、大分父と遊びました。

江戸川　この式でやっちゃえというのは？

幸田　なんでもさかのぼってみつけちゃえというのです。人相でも服装でも何でも、それでもって推定することができるようになる方がいいだろうというので。汽車に乗っていても、あの人はなんだろうというのを当てていくんです。

江戸川　それはちょうどシャーロック・ホームズだね。シャーロック・ホームズはそういうことをやりますね。ある何かの点に着眼して、そこから割り出してあれは何商売だろうかとか、いまはどういう気持でいるだろうとか。

幸田　そうなんです。東京から軽井沢へいく時間は、五時間ぐらいあるでしょう、当時の汽車で。はじからやっちゃうんです、乗ってる人を。

江戸川　それでつまり向うにわからないようにコッソリ話しているわけですね。

幸田　あの人は何の部類に属する人だろうか、つまり商人《あきんど》さんだろうかとか学者さんだろうとか。

江戸川　それをあなたに解いてみろというのですね。

幸田　ええ。なかなかうまくいきませんわ(笑)。

江戸川　あなたの小さい時分でしょう？

幸田　いいえ、十七、八ぐらいの時分です。十七、八になっていたってなかなか人さんを当てるってことはね(笑)。

江戸川　それで当ったか当らないかというのはどうして確かめるのですか。

幸田　わからないのですね。ところが父の方は、一つ一つ実さいをおさえていっちゃう。たとえば煙管《きせる》があれだったから、あの煙管を使う人はこういう人だっていうんです。私は面白いと思いました、煙管なんてものは知りませんでしたもの。どういう人がどういう煙管を使うってこと。それで面白かったのは、今度向うから、信州から東京へ帰ってくるときに、一人だけ身分がはっきりしちゃった方があるのです。それがどういう人だか、父にも私にもキメ手がなくって、ついに上野駅の近くにきましたら、カバンを下して、中へ何かしまったんです。そのとき中のものをみてはっきりしちゃったのですけれども、裁判官なんですね。その帽子と法服をもっていたわけです。二人とも当らなかったですよ(笑)。

江戸川　どういうふうに答が出たんです、そのとき?

幸田　その人が読んでいるのは新聞だけだったですし、本当に地ぶくれ面していて、ちっとも動かない人なんです。それで摑めなかったのですけど、とうとうそういう法服をもっていたので、ははあということになって、でも果してその人の荷物かどうかはっきり聞いたわけじゃないのですけれども、そうなんだろうということで、つまりはっきりしちゃったわけなんです(笑)。

江戸川　そういうことをしばしばおやりになった？

幸田　私どもへみえる方も、どこの道歩いてきたんだろうなんてことまで。

江戸川　下駄をみて(笑)？

幸田　はあ。

江戸川　益々シャーロック・ホームズだ(笑)。

幸田　いらっしゃるでしょう。それからまあ父のところへ、書斎なり茶の間にお通しします。それからあとの仕事に、私はお茶を出す、煙草を運ぶってことで、それがすんでからすぐやるんです。「失礼でございますが、ちょっと伺いますが、あの道を通っていらっしゃいませんでしたか。」そうするとお客様は大ていおどろいちゃう(笑)。

江戸川　どこでやるんです？

幸田　やっぱりはきものなんかみてやりましたけれども。

江戸川　はきものについている土でしょうね。

幸田　父はニヤニヤしている。どうせ文子はやるだろうと思っているから。

江戸川　シャーロック・ホームズはそれとそっくりのことをやっているんですからね。法医学の方でそれをやりはじめたのはそんなに古くないですね。靴の泥を研究して泥道を歩いたということや、土の中の植物の種とかそういうものをみたり、土の性質でみたり、石炭なんかあるところだったら黒いものがあるからそれでわかるんです。そういうことを実際の捜査に応用したのはフランスのロカールという法医学者で、そんなに古いことではないのです。

幸田　ほめられたのは花粉でした。「お前何でやった」というから、椎の木があそこにあるからこの花粉はたしかにあの道だろうと思って。

江戸川　それはえらいですね(笑)。今いったロカールの著書があるのですが、その人がそういうことをやっておりました。それは戦争前まで生きていた人ですからそんなに古くないですよ。幸田さんは名探偵だね(笑)。

幸田　それから、夕立ちがあったときに駈けこんでいらしたお客さまがあったのです。そうしたら背広の背縫いが縮れていまして、私はどうしてもそれが気になって、奥様がミシンをよくなさるんじゃないかって聞きましたら、そうだっておっしゃったのです。

江戸川　つまり手製だってことを。

幸田　糸がつれるんですね。玄人さんと違って、ぬれるとね。そこはやっぱり玄人さんの仕立ては、糸だけが縮むなんていうことはない、上糸と下糸がうまく合っているのですね。

江戸川　やっぱりお父さんの薫陶よろしきを得てあなたも探偵眼が鋭くなったのですね。

幸田　読み出すと馴れてくるのですね。そしてまたしばらく放っておくと読めなくなりますね。それは若いときのひところの遊びですよ、ね。ですから、あとあとまで利いてたということはできないのです。

江戸川　その代り心理的にそれが発達したということですね。こわいな、これは(笑)。

幸田　そうでもないんですわ。父は写真が好きでしたから、写真のトリックもいってました。忍びこみの現場を自動的に写してしまう写真の装置のことなんか、『番茶会談』という子供向きの本のなかに書いていました。明治時代のものです。でも実さいに父が写真やったときは、自分で乾板からやらなければならなかったときでしたから、大変な古さです。

江戸川　私もこどものときに、中学一年生ぐらいのときに、箱の型の写真器で、ガラスの乾板を入れて、一つずつ取り換えていくんですよ。乾板がパタン、パタンと倒れてね(笑)。

幸田　大変な音(笑)。

——露伴先生はそういうハイカラ趣味といいますか、新しいものにとても興味をおもちになった……？

幸田　新しいもの好きでした。

江戸川　そうだろうね。古いものも新しいものも両方、ね。

幸田　そうですね。

江戸川　それで、あなた、いまお読みになっていませんか。翻訳探偵小説がさかんにいま読まれているのですがね。

幸田　創元社さんでもずっと……。

江戸川　本をさしあげているのでしょう？

幸田　頂いております。いま娘が読んでおります。

江戸川　あなたは？

幸田　このごろあまり読めないのですけれども、やっぱり読み出すとおしまいまで読んでしまう。みんなおっぽり出して。

江戸川　婦人の読者が非常にふえましてね。昔は探偵小説は婦人向きじゃなかったけれども、戦後はさかんに婦人が読むようになりましてね。アメリカなんか昔からそうですね。婦人の読者の方が多いですがね。

幸田　ええ。不思議な気がします。

江戸川　少なかったですね、戦前は。

幸田　そうでございますね。私は面白いと思って読みました。

江戸川　そういう知識的な読み方をする読者っていうのは、婦人は少なかったです。涙香なんかになるとまた婦人の読者が多かった。私は母がね、涙香を読んで聞かせてくれたんです。それで病みつきになったんです。まだ字の読めない時分に。

幸田　あたしの場合は、父が一緒にたのしんでくれたのが、よっぽど食いつくもとになったんだと思います。あたしの読んだよりも、もっと誇張してというんだか、真に迫ってというんだか、話してくれるとさらによくわかって……。それから、どこの家でもなくなりものっていうのがありますね。

江戸川　ええ。

幸田　そういうものを出して行く出し方なんてのね。

江戸川　やっぱり探偵的に……。

幸田　やっちゃう。もう一つ、これは父の学問的な仕事でもいえると思うんですけど、なにか調べものをするときに、しらみ潰しにやっちゃう。一つもあきがないようにピチピチピチピチッと、はじからはじまでやってしまう。そのやり方で、そういう失せものを考えたりするときは、そのすきまのなさがちょっと気味が悪いほどでした。

江戸川　失せもの、うまく発見されましたか。

幸田　そううまく発見されませんよ(笑)。私の、それは早く亡くなってしまった弟ですけれども、その弟が茶目でして、どうかしてお父さんをやりこめたいのですね。わざと失せものをつくって、これがわからなければこっちが勝ったってわけなんですけれども、そんなことでよくやりました。

江戸川　よほど知的遊戯をやる家庭だったわけですね。

幸田　あるとき、どうしても変だと思うこともあったのです。それは父の眼鏡と万年筆がなくなったことです。別々にですけれども、黒い縁の眼鏡でした。これがないから大変不自由したわけです。ほかの替えの眼鏡もあるのですが、ツルの具合が悪いといって気にいらないのですよ。でも仕方がないのでそれで間に合わせて、二日も探してもないのです。一家中の憂鬱なことって。ほとんどどこ探してもないんですから、家中ひっくり返ったようになっちゃったわけです。それだのにあったのがね、しょっちゅうみんなが通っている廊下の、ちょうど三枚の板でできているところだったのです。拭きこんである廊下なんですよ。その節のところに、その眼鏡の枠がのるようになってフワッとあったのです、私が歩いているとき。でもそこは私が何べんも歩いたり、どんなに掃除したりしたかわからないのです。誰がおいたのかわからない。そのときは弟も夢中になって探していたんですけれども、父が「出たからいい。もうあとどうしてここにあったかいっちゃいけない」というので、気持が悪いなりにおしまいになりました。

ただそのときに、出たんだからあとはもう詮索してはいけないということが、私には詮索しなけりゃならん筈のもので、なぜ詮索しないんだろうと、疑問になって残ったわけです。父が何といって説明したかというと、ダーク・ポイントは誰にもあって、それがときに一致するということを承認しろというのですが、無理な話なんですよ。受け合えない話なんです、とても若いものには。だけど無理に不問に付しちゃったのですけれども、このことはあとまで私に何か教えますね。

江戸川　それは廊下の端のとこですか。

幸田　いえ、真中なんです。

江戸川　真中のつぎ目のところですね?

幸田　一枚の板が三つあってできている廊下です。一枚の板の真中に節がある、その節のところに。

江戸川　節のところでカモフラージュされていたんですか。

幸田　カモフラージュされたようにおかれてあったと思えるのです、私は。

江戸川　わざとね。

幸田　けれどもどうしてだかわからない。

江戸川　真中でしたらうっかりしたら踏むんですね？

幸田　ええ、踏むんです。

江戸川　踏まなかったですか。

幸田　午後の光線でそこのところへすーっと筋の明りが落ちていて、ちょうどそこがみえるんです。発見したものが自分だったので、とってもいやな気持だった。節が二つつながって目のようになっている、そこへポコンとおいてあったのです。

江戸川　眼鏡と似たような節ですか。

幸田　同じような二つくっついている節です。私は手にとらずに、「ここにあった」といったのです。

江戸川　何か怪談めいてますね。それにお父さんのおっしゃったダーク・ポイントというのは、今の言葉でいえば盲点ですね。盲点ということもお考えになっていたわけですね。

幸田　よもや、あるなんて思っていなかった場所ですから。それが一つなんです。それからもう一つ、ペンがなくなったというのは、父の机の上で、金ペンだったのです。それはちゃんとあとでわかってしまったことで、人が、……だけど持ちきれなくて変なところにおいたんですけれども。

江戸川　誰かもっていった。

幸田　それは家のものではなかったのです。これもニヤッと笑っただけで、「もうこれでおしまいにするんだ」というので、そのときもみんなね、そんなことってあるわけはないんだから、誰かがいるって。「その誰かってものを決していうべきもんじゃないんだ」というので、お互いに了承し合ったのですけれどもね。さがしものなんていうのは、一生懸命になってくるとケンカになっちゃうのです。うち中でも、誰がどうしたってことを突き止めていきますから。そうすると誰にもアイマイな時間があるの。

江戸川　ああ、アリバイですね。

幸田　お互いに、そのとき母さんはどうしていたとか、私はこうしたことをみていたとかいい出すでしょう。そうすると、説明ができない時間というものがあるんです、日常生活の中で。

江戸川　思い出せない時間ですね。

幸田　いわれた人は心外だっていうんです。そんなことを私がしていたのは記憶にないっていうし、こっちじゃたしかにみてたっていうし、甚しいのは犬がそのときどうしてたなんて変な関係のないことまでいって。

江戸川　アリバイ調べをやるわけですが、そんなにきちんと記憶していられるものじゃありませんよ。記憶がなかったからといって責任もつことありませんね。あれは困るんですよ。いつ幾日《いつか》の何時にどうしてたかなんて、誰だってわからないですからね。

幸田　ところが私は若かったもんで、人のことを許さないような時でしたし、それにかねてそういう遊びなんかしているから、許さずに人のことを押していくんですけれども、自分のわからない時間というのを押されたときは、ウソでも何でもついてごまかしちゃえという気があったので、雲行きが荒れました。このときに、人というのはおとし穴があって変な虚勢を張っちゃうものだ、これになっちゃ大変だ、もし逆に摑まれたら身動きできなくなっちゃう、そういうことを話して、「お父さん、ずいぶん変な気がした」ということを話すと、「そういうもんだよ」といって解釈してくれたので、固くならずに覚えましたけれどもね。

江戸川　大変面白いお話ですね。さっきのダーク・ポイントとおっしゃったのは、僕ら盲点といっておりますが、ポーの『盗まれた手紙』という小説は、目の前にあってわからない。それと同じような事件ですが、ちょうど節穴の上にあって盲点に入ったというのは面白いですね。

幸田　まあ、あれはいい気持じゃない事件ですね。でも、あれがあったんで、あんまり人を突きつめたってだめなものだってことが……。

江戸川　そうそう、これがやっぱり幸田先生がね、シャーロック・ホームズ的なんですよ。シャーロック・ホームズは調べる間は一生懸命調べるんですが、犯人がわかっちゃうともうどうでもいいんですよ。罰しようが罰しまいが、私はナゾを解くのが目的だっていうんですよ。

幸田　やっぱり若いときでしたけど、私一人で電車に乗っていたら、となりにいい加減な年輩の奥さんがいましてね。私はテンカンというのはそのときはじめてみたんです。知識がなんにもなかった。

江戸川　電車の中でおこしたんですか。

幸田　こちらへ寄りかかってきて、非常にからだが固くなった感じでした。そうしたら震えてきまして、私の手を摑んでひっくり返っちゃった。ですから私も大変な力で……。

江戸川　支えていたわけですね。

幸田　というより一緒にひきずられて腰掛けから落っこったんですけれども、放してくれないんですよ。そのうち顔がおかしくなってきて、こっちはびっくりしたわけなんです。電車が止まったり、お巡りさんがきたりして、電車の中に私とその人が真中におかれて、みんなが遠いところにおかれちゃったために、変な晴れがましさになっちゃって、のぼせました。お巡りさんが手をとったりして、私はなんにも関係のない人だというので家へ帰っちゃったわけですけれども、帰ってきてその話をしたときには、「なぜそれだけで帰ってきた」っていうんですよ。そういう不思議なところへ出会ったら、自分はもし何かのつながりがあるのかもしれないというので、おしまいまでちゃんと聞いてくりゃあよかったじゃないかっていうんですよ。

江戸川　でも、若い娘さんがそんなことはとてもできませんやね。

幸田　ただ、おどろいたんですけれども、それからあと、何かあって自分がもしつながりがあったら、おしまいまで聞こうという気持はもちますね。

江戸川　研究的態度をもつということですね。

幸田　それから帝銀の事件がありましたね、あのときに……。

江戸川　あのときはまだいらしたんですか。

幸田　父が？……、あれは何年でしたか。

江戸川　二十三年か……。

幸田　だったらいなかったです。私がそう思ったんですけれども、大ぜいさんがみてるわけでしょう。そしてあとで面通しっていうあれね。みんながよくわからなかったでしょう。あのときに私は思いました、多分わかんないだろうってことね。自分がそこにいて何か掴んでも、それ本当の、自分だけに都合のいい一つのコーナー、たとえば着物のはじとか爪の形とか、そんな自分に直接関係のあった一コマしきゃわからなくて、あれだけの事件をおこしている人のきめ手にはならんだろうと思う。

江戸川　あれは漠然たる印象でね。そうだろうというだけのことで、それはだれでもはっきり覚えているものではありませんよ。親しい友だちなら別ですけれども、一ぺんみただけじゃ無理ですね。

幸田　カラーが白かったというようなことも、大変まちがいやすいもので……。

江戸川　そういう御経験ありますか。

幸田　ええ……ていうのは、戦後でしたけど、いまのところへ家を建てて越したばかりに、大ぜいの人が入ってきちゃったんですよ、ね。泥棒っていうのもおかしいけれども、大ぜいで入ってくる……。

江戸川 あれに入られたんですか、トラックでくるやつ。

幸田 トラックじゃないけれども五人ぐらいで。咄嗟にみたんですよ、私はその人たちの三人を。だけどわからないの、あとでね。多少なりとも若いときにそういうつもりでいたんだのに、なぜなんにもいえなかったか。「白かったよう」というのしかいえない、「白かった」といえないの。そのじれったさというか、申訳なさというか。どうもああいうことっていうのは、咄嗟にはなかなかできないものなんですねえ。

江戸川 特殊の記憶力のいい人がありますね。目に写った記憶が写真のように残っている人がありますけれども、それは病的ですね。ふつうは無理ですね。面通しのときでもいろいろ感情が加わるんですね。そうでないというと、お巡りさんに悪いとか、だれに悪いとか、いろいろな感情が加わるんですね。で、迷っちゃってなお困るんですね。私はあのときに帝銀事件には相当タッチして現場にもいきましたが、支店長代理というのが一番しっかりした生き残りなんですね。その証言は重要なんですが、頼りないんですね。頬にアザかなんかあったというんですが、平沢にはアザはないのですね。あのときに銀行の女の子が犯人を案内したんですよ。土間から上に上げるときに犯人が靴をぬいで上った。その靴を女の子が揃えたんですよ。ところが、それが長靴だったか、短靴だったか、赤かったか、黒かったか、なんにも覚えていない。

幸田　そうでしょうね。

江戸川　だから記憶というものは誤りやすいのですね。一人の証人が黒だっていっても、これは信用しちゃいけないというのは捜査の原則だと思います。数人の人がそういうことをいえばいくらか信用してもいいかもしれませんが、だけど、あなたはそういう観察の訓練をなさったのだから……。

幸田　訓練っていうわけじゃないけれど(笑)。まあ、ものをみるっていうんでしょうかね。

江戸川　何でも研究的にみるってことね。森蘭丸ね。信長が刀の柄《つか》にまいてある紐が幾巻きかってね。それから、この家の階段は何段あるかってよくいいますが、あれだってなかなか無理ですね。

幸田　無理です。そして一度覚えたものはあと災いするのですね。階段は十二段だと思ってみちゃう。よく、十二段があったってことで、十一段の家だってわからなくなるのですよ。あれは記憶というもののこわいところだ。それが文章書きましてもね。

江戸川　けれども小説を書く上にそういう観察眼というのは必要でしょうね。

幸田　そうでしょうか。

江戸川　探偵的観察眼に限りませんが、ものをみたものが非常に印象にのこるという性格はいいですね、書くときに。

幸田　いくらかはね。風景はそうです。咄嗟に立ってくるものがあります。風景の中で一つだけ、この座敷でいえばあの庭の柳っていうふうに。だけど私は柳とみても、人は石とみるかもしれません。その石と感じる感じ方、柳とみないで石と感じる感じ方ということ、その人にたしかつながりがあるのでございます、その立ってくるものというのは。私がよそへいったときに、風景っていうのはそんなに自分でこしらえられないから、こしらえればマンネリズムになるから、風景はよくみたいと思うのですけれども、そのときにメモするのに立ったところをメモすると、こっちの景色とこっちの景色、こっちは山の景色でこっちは海の景色なのに同じものをみているときがあるの。

江戸川　両方、一つに入ってしまうのですね。

幸田　そういうようなものがあって、自分をみて行くのには面白いですね。

江戸川　それと、小説家は服装をよく観察しますね。昔は、服装をくわしく書いたから……。

幸田　大変よく書いたから。その服装のことも父なんか、チリメンの重さを手で計るっていう訓練っていうのができているって聞かされましたけど、なかなかこの目方というのはわからないですね。

江戸川　よほど馴れなけりゃね。

幸田　呉服屋の番頭さんは目でこうして、産地と匁《もんめ》とあてるといいますけれども、そんなにいかなくても、女で着物のことを文句をいうんならば、手ざわりぐらいはわかってもらいたいとか、目方ぐらいはわかってもらいたいとかいってました。戦後そういうものが複雑になってわからない。男の方の服の地なんかもよほど気をつけなければ、自分とつながりがなければないがしろになってしまいますもの。そしていま靴下がみんなナイロンになって、女の人はほとんど靴下をつぐ感覚を忘れたですね。これはついこの間まであった感覚なんですよ。靴下をつぐ、そのつぎ方にどんなつぎをするかっていう、そういうことが本当に消えましたねえ。

江戸川　ナイロンはつぎ当てられないのですか。

幸田　当らないことはないけれども、丈夫で切れないから、穴があんまりあきませんから。ついこの間まではさかんについでいたんです。だから近頃はああいうことでも、やっぱりある一つの手がかりがなくなったわけですわね。

江戸川　どうも長い時間、たいへん面白いお話をありがとうございました。露伴先生やあなたがシャーロック・ホームズだってことは、あまり知られてないと思います。われわれ探偵小説好きには、実に興味深いお話でした。

では、これで、速記をやめることにいたします。

＊　＊

えどがわ・らんぽ（一八九四―一九六五）　推理小説作家。代表作に『屋根裏の散歩者』『陰獣』『蜘蛛男』など。

雑談　桂馬筋——父露伴と将棋

対談者　角川源義
本誌より　高柳　八段
　　　　　山川　七段

角川　お父さんが亡くなられて、今年の七月三十日がちょうど十年目ということになりますか？

幸田　そうですね。満十年。

角川　七月三十日は明治天皇さまが亡くなられた日にも当るわけですが、明治の精神をいちばん体現しておられた先生が、同じ日に亡くなられたということはみごとな偶然みたいな気がするんです。お父さんから何か明治的なものをお感じになったことはございませんか。

幸田　明治の塊りみたいなところもあるしそうでないようなところもあるしどう言ったらいいのかな。

角川　こんど五重塔が焼けてびっくりなさったろうと思うんですが。

幸田　やっぱり焼けたその日一日中、落ち着かなくて困りました。

角川　新聞に、あまり美しいから誰か焼きそうな予感がするとおっしゃっておられたでしょう。そういう感覚の仕方というのは、いかにもあなたらしいなと、興味を持ったんですが……。

幸田　あそこへはあまり行ったことはないんだけれども、かえって父が亡くなってから何度か行きました。見ていると、いかにも頼りないような感じで、これは一年保てるかどうかという気がしていたんです。だけれども、あんなふうに、心中なんかが出てくるとは思わなかった。あれにはとても驚いた。

角川　こんど先生の十周年に際して、将棋連盟からお父さんに六段を贈られることになって、私も話を承ったときうれしかった。それについてどうですか御感想は。

幸田　親父がいなくなってからお免状を頂いたりなんかするの、これも思いがけないことで、ほのぼのとうれしいんですけど、いなくなっちゃった人にお免状など頂いてよろしいんですかね。

角川　今まで菊池寛さんの例があるが、六段というと素人では最高です。亡くなってから王将位を坂田三吉翁がもらわれた例もあります。素人名人というようなものでしょうか。

幸田　こういうことはできない者には全然うかがい知ることができないのですから、何とも申し上げられないけれども、好きなことだったから、いたら喜ぶことでしょうね。

角川　文化勲章を先生が頂かれたのは、これは当然なことなんですね。本業のことですから、どんなに表彰を受けられても先生はそれほど驚く気もなさらなかったんでしょうけれども、余技で頂くというのは、嬉しいんじゃないかと思いますね。

幸田　将棋と釣と好きでして、玉突なんかもしたけれども、やはり将棋は特別でした。

角川　あなたのいとこに当るNHKの安藤(膺)さんにいつか負かされて、それで安藤さんのお話を聞きますと、露伴先生に教わったということですから、安藤さんの実力が四段ですか、してみれば露伴先生は優に六段以上だという気がいたしました。

幸田　将棋も体力というんだかなんだか、それと年ということもずいぶんあるんでしょうか。

角川　それはありますね。

幸田　だからもし仮りに生きていたということになったならば、今いれば九十一だからどうでしょうかしら。

高柳　もっとも専門家ですと年齢や何か左右しますが、まあアマチュアの方が余技でやるんですから、そういう年齢とか何とかはあまりないかと思いますね。

角川　大正十一年に関根名人から四段もらっているんですから、亡くなられたときは当然六段をもらわれてしかるべきで、これは将棋連盟の怠慢ではなかったですか(笑)。

幸田　だけれども娘にしてみれば、しかも毎日世話をしている娘にしてみれば、若い人に負けたりしている姿を見て衰えというものは感じた。そのときに、お父さん弱くなっちゃいやだなと思いました。子供というものは大変なわがままで、かつて強かった父親が負けるのはやはり嫌いらしい。これは励ましにもなるかもしれないけれども、当人にとっては気の毒ですね、子供さえそう思うというのは、ことに私みたいな女の子が、そんなことを言ったら、癪にさわって叱られるかもしれないが、心配しましたね。

角川　お父さんには勝負師的なものがあるんですか。

幸田　どういうんでしょうかしら、辰巳あがりになって、しつこくなるというようなことも、それからいらいらしてくるというようなことも、若い日にはあったんじゃないかと私は思っています。けれども、それがだんだん練磨されてこないはずはないんで、私が知っていた時分でも、将棋の話となるといろいろの仕方をしていた。大変に温厚な風で、じくじくと話してくれるときもある。そうじゃなくて、ケレンみたいなおもしろさで話してくれるときもある。そういうようなことから私は、もう自分が年とってからですけれどもこのお父さんの将棋の筋には変遷があったなって思いました。初めからひとむきの将棋のたちというんじゃなかったんじゃないかと。御専門の方にしても、初めから一つの風といいますか、それでずっと押されるんじゃないんじゃないでしょうか。

高柳 それはやはり変化するもんですね。まあ攻めとか守り。将棋の用語は非常に簡単でしてね、攻めとか守りとかいうんですが、それが大きく分れるんです。攻めが好きなときと、それから受けに回るというように変ってくるもんですね。

角川 お父さんはどうでしたか。攻めがお好きでしたか。

幸田 それは攻めるのが好きでした。盤の上のことは私わからないんですけれども、話の様子では、のしかかったようになって攻めていくというところが好きだったらしい。ですから父の相手になっている、父よりも年上のおじいさんが、これはアマチュアで好きだという人なんですけれども、その人が「おっかかってこられるときはおっかないね」と言われた。

角川　どうですか、小説書かれるときでも自分が勝負師だというふうに思われたことがありませんでしたか。

幸田　それはどうだかよくわからないけれども……。

角川　何かあなたにも多分に、お父さんが勝負師だというようなことから……。

幸田　そういうことはありません。よく言われたことは、「二度できると思っていれば傲慢だ。一ぺんきりと思ってなかなかそうはいかないものだ」と言われました。ですから例えば羊羹を切るというような下らないことでも、これ一ぺんきり、しくじればそれで恥はきまっちゃうといったような感じはありましたね。

角川　私はあなたの小説は非常に感性が鋭くて、何かこれで勝負していくんだというような、読者としての感じをうけることが多いんですよ。

幸田　書くことは自分が怠ければいつまでも怠けられる。人様を相手にするというのはそのときぎりだから、やはり人様相手のことの方が真剣になれて、文章の方はルーズなときの方が多いと思うんです。だから私はそういう勝負師の血というものは継がなかったかもしれない。

角川　お父さんが小野五平さんに入門されたのは日清戦役頃ですか。

幸田　その頃は私生れていないものですから、よく知らないんですが、父は大体結婚したくらいから将棋に夢中になったということです。結婚したのは二十八年ですから。

角川　小野さんは明治三十一年に名人になられた。福沢諭吉に非常に可愛がられて、上流社会の人達とのお付合いがあった。小野さんについて何かおっしゃったことはございませんでしたか。

幸田　小野さんの話はよく聞きました。好きだったんじゃないですか。あの風が。自分でこちらから伺って教えて頂いたんです。やはり着流しで行くんですけれども、あちらへ行ってそのあいさつをしたらしい、袴なしの着流しで教えて頂くということを。小野先生の奥さまがおもしろい方で、年寄られた先生のことを、よく「もう詰められるばかりです」とおっしゃったり、……いろいろな意味でこの詰められるという言葉はおもしろいと思うんですが、勝負師の女房というこの気質なんてものは、もうなくなるだろうというような話を聞かされました。

角川　大正九年に九十一歳で小野さんが亡くなられている。露伴先生の大正五年四月二十八日の日記に、「小野先生を訪ふ。一勝一敗。伏波余勇あり、感ずべし」と書いているこれは大駒落ちですか？

幸田　ちゃんときまりの段割で指して頂くときと、特別に指して頂くときとあったらしいんです。本来なら平手なんかでは指せるはずはないんですが、特別にやって頂いたということもあるらしい。大勢人様が見えるからはばかって、特別やって頂いたということは、父としては言わなかったんでしょうが、ただ家へ帰って喜んでいた。落される駒がきまっていれば、いつでもそれで指すんでしょう。それを、今日は誰もいないから対馬でやってやろうといわれると、ぐんと意気が違っちゃう、幾ら負けても。そういうことがあったらしいですね。

角川　将棋指しというのは、こっちを一手で詰められるようにしておいて、こっちに攻めさせてくれる。ここにいる高柳八段は、いつでもぽんと即詰めの態勢にしておいてこっちに攻めさせる。いい気になって攻めていって、どうだ俺はこんなに強いんだと思ってちょっと先手を渡すと、それでこっちがもうやられちゃう(笑)。ことにいい手だと言われると、こっちはすごくいい気持になって、すっかり目がくらくらしちゃってね、負けちゃう(笑)。

幸田　小野さんがお年を召してからは、年とってぼけたと思われては困るし、これから何度手合せができるかわからないが、あのとき勝ったなんて後々まで慢心を持たせるといけないから、始まるとすぐ切っちゃうと言って、父はおもしろくなかったらしいんです。先生のお気持は、体力のあるうちに切っちまって慢心をとめておくということなんでしょうが父は切られて悄然と帰ってくる。

角川　小野五平さんから初段を免許されたのは大正五年ですね。

幸田　そのとき喜んでいた記憶が私あります。父という人は、家へ帰って何かごたごた言う人ではない。それがなんだか大層嬉しそうで、家中お祝いみたいにしなくちゃならないような感じだった。家中でお父さんを祝うということは少なかったんです。お父さん自身はひっそりしている人だから。だからよけい身に沁みて覚えているんでしょう。

角川　立派な免許状ですね。巻物になっていて。それの日附が三月一日で、日記によると四月二十四日には二段の免状を届けられています。「午後井上義雄来り、二段免状をおくり呉る。」——よっぽど進境著しかったんですかね。(高柳氏に)小野さんの棋譜は残っておりますか。

高柳　棋譜は残っておりますが、私も怠けてみていないんですが。

幸田　どんな風だったんですか。

山川　小野五平というのは、とにかくねばり強い、伊藤宗印を五百何十手で負かすという……。

角川　非常に偏狭というか、剛腹な感じの人だった。だから直門の弟子というのはなかったようですね。

幸田　そういうところに親父気に入ったところがあるんじゃないですかね。

角川　だから弟子といっても、免許をもらったということで弟子なんです。坂田三吉なんかも、小野さんから免許をもらったんで弟子になったという形になる。本当は師弟ではない。

幸田　私なんかがただ見たんじゃ、とてもやさしいおじいさんで、そうして見た目の中でどこがこの人のとりどころかといえば、おでこでもないし鼻でもないし口でもなくて声だった。この声が落ちてくるときは小野さんがまずくなったときだろうということを言っていましたけれども凜々と響く声でしたね。

角川　お父さんが井上義雄さんに習われたのは、どういう……？

幸田　どうして井上さんへつながりができたんだか知りませんけれども。

角川　井上さんは京都伏見の人で伊藤宗印の門です。

幸田　小野さんとは大層違った風の方、井上さんという方は。まあ私の子供っぽい見方からいったら、浪人ってこんなものじゃないかと思った。やせて、そして鼻が高くて、召物なんかもいいものを着ていらっしゃるけれども、汚れほうだい汚れているというようなんで、見るからに一つの風のある方。この方がおもしろい技のある将棋というのを見せて下すったらしい。それで遊んで下さるというんでしょうか、遊ばしてもらうというんでしょうか、そのやり方がこっちを有頂天にさしておいて、「切られたとも思わないうちに切られていて癪にさわった」という、そういうやり方だったようです。

角川　なかなか貯蓄家で、世才に長けた人だったそうだ。

幸田　世才はそうでしょうけれども、貯蓄をなさっていたような人には思えない。

角川　鈴ケ森に非常に安い屋敷があるというので、飛びついて買ったら、鈴ケ森の刑場の跡だった。それで神経衰弱になられて病みつかれたといわれているんですがね。高柳さんの義理のお父さん、金先生は若いときは井上さんのお弟子だったんです。

高柳　はじめて出てきたときが井上さんの門に入って、なんか師匠の話を聞くと、下宿屋なんかやっておられて、非常にこう細かいところがある人で、将棋指しを諦めて帰って二度目出てくるときには関根名人にきめてきたわけです。うちの師匠というのは、ただ関根名人が偉いからといって変えるようなことはしない人です。ですから、そこに何かあるんじゃないかと私は想像しております。

角川　日記では大正五年のところで井上義雄の名前がよく出てくるんですが、小野さんが年取られたために……？

幸田　小野さんの方へは伺って、井上さんにもきて頂いていました。

角川　小野さんと井上さんは親しかったですか？

幸田　親しくはなかったでしょう。

山川　全然派が違いますから。小野名人は狷介不羈で、ほかの将棋指しは寄せつけない紳士紳商しか相手にしない。関根名人みたいに仲間に身を投じてやるという性質ではない。

角川　井上さんは小野名人の後に名人になるというふうに、自他ともに考えられていたということはどうですか。

山川　その時分の強さからいえば、関根名人と互格に指していた人ですね。関根金次郎より先輩ではあったんですが――。

角川　関根さんの談話にそんなことをいっていますから、関根さんの前に名人になることが予約されていたようですね。お父さんは小野さんから井上さん、関根さん、木村さんというふうに、名人ないしは名人に準ずる人ばかりに教わっておられたんですから……。

幸田　そうでもない。村上さんという人がいる。

山川　村上桂山ですかね。
角川　それはいつごろですか？
幸田　井上さんのあと。私は女学生だった震災が大正十二年でしょう。そのときから後お行方がわからない、といっていたんだから……。
高柳　その村上という人が？
幸田　ええ。私も大きくなっていましたから、いつも先生が見えるときには盤をそこへ出して、晩の御飯の用意をして、お礼をきちんと包んで、お盆に乗せて用意しておくというような、仕度をさせられたわけでした。
高柳　その時分は村上さんはいくつぐらいでした？
幸田　おいくつだったか——あまり興味がないんで(笑)。
角川　村上さんですか、前掛でいらっしゃったというのは。
幸田　紺のセルの前掛をしめていらっしゃった。井上さんはお袴で見えましたが、村上さんは、その時分の小間物屋さんがしめているような前掛をしめて、縞の着物で角帯という、その風が小野さんや井上さんと違うんです。父の話で聞くと、その方の将棋は煉瓦積みとかコンクリートとかいったようなものだというんです。それでまあ遊んで頂けないわけじゃないんでしょうか。そのかわり面白くても面白くなくても、ぴしぴし端からきめて行っちゃうという忍耐は、学ばなくちゃ駄目だというようなことを言っていました。だから私、コンクリートって呼んで蔭口をきいていた。それを本当にそうだなと思いましたのはね、なにしろ私は将棋のことはわかりませんが、御飯を差上げるときお給仕に出る。父はそのときは御一緒しないで、自分の部屋へ下って、先生にお一人差上げるんですが、ちょうどどこだか鱇の産地から飴煮を頂いたので、召し上がりますかと聞いたら、大好物だというんで出した。鱇というのは骨が三ツまたになっているから食べにくいんですね、その骨を実に刻明にお皿のまわりに並べていらっしゃって、お終いにお白湯を一ぱいとおっしゃって、どうするのかと思ったけれども持って行ったら、それを骨の上へ流して、骨湯というんでしょうね、それを召し上ったときに私感じ入って、なるほど、こういうふうに刻明に順々にやられるから親父が負けるんだろうと思いました(笑)。

角川 なんでも将棋指しが袴をはくようになったのは、四十二年ごろからですね。そのころはほんの二、三人ぐらいだったそうです。

幸田 小野さんは、私お目にかかったときはいつも紋付だった。井上さんはいい召し物で、袴も夏は紗をはいて、雪駄なんぞ召してね、まあおしゃれなんでしょうね。

山川 まあ京都の人ですから、そういうところがあったんでしょうね。

高柳　小野さんの写真がいま将棋連盟に掛っています。

幸田　焼けるまえに父のところにもありましたが、あの背中はもうまっ直ぐにならなかったんでしょうね。伸ばしても駄目で、大変な丸さでした。

角川　井上さんが大正五年五月十四日に先生のところへ来て、実は先生のお蔭で関根八段と対局して勝ちましたといったという話。どうして勝ったかというと、先生が扇子に算多き者は勝つ、と書いたからだというんですね。日記にあります。

幸田　「多算」という字の、それは私覚えている。書き余しの扇子をもらった。固い字で書いてありました。

角川　それをわきにおいて指していたわけですね。それで勝った。

幸田　それまでは知らない。

角川　「十五時間半ほどてさしきりとなり」とあります。算多き者は勝つという孫子の語を横眼で睨みながら、十分に算し得て勝った先生のお蔭ですといって挨拶に来られた。関根さんは先生のところへ訪ねられたことはなかったんですか。

幸田　それは覚えていません。

角川　先生の方から訪ねて行かれたんですかね。

高柳　私思うのは、そのころは免状を出すのは時の名人ですからどなたかお取次して、もらうときに行かれた。だから平素のお稽古をしていたんじゃないかもしれない。

角川　大正十一年の三月に関根名人から四段を贈られているが、村上さんのあっせんなんかあるでしょうね。

角川　木村名人が先生を訪ねられたのは、露伴全集の月報によりますと、昭和五、六年ごろで、それから文藝春秋の鈴木(亨氏)安成の二人と一しょに訪問して、角落でやったということを木村さんが書いています。先生が駒をつくられたのは……いつごろですか？

幸田　私が二十六、七ぐらいだから、昭和四、五年かな。紅梅でつくりました。紅梅というのは材が固いのね、それで挽くのがなかなかできなくて。文字は漆で書いたんです。

角川　自分で書かれたんですね。

幸田　文字は自分で書きましたが、形にするのは違う。鈴木留斎という指物師を使ったでしょう。あのころ留斎さんが大分将棋の用をしています。父の註文で駒台をつくったりして。紅梅がよたな鋸では挽けなくて、脂できちきちになっちゃって、それで持って行って挽いてもらったかもしれない。

角川　ふだんその駒を使っていたですか。

幸田　いいえ、ふだんは誰の駒だったでしょう、まことに味のいい駒でしたね。それを疎開のときに持って行かせないでおいて行って、焼けた。

高柳　先生のおつくりになった駒も？

幸田　焼けました。焼けたものの中で惜しがったのは、駒と釣り竿。玉突のキューなんかも、中をくり抜いちゃって、勝手に鉛なんか入れてみたりしてつくっていた。そのキューのことは言わなかったけれども、焼けてちょっといやな顔をされたのは、その二つ。

角川　木村さんの将棋について、何か言っていらっしゃいませんでしたか。

幸田　お年ばえがどの方とも違っていたわけですから、そのきれいさというんでしょうか、若い人のきれいさということを言っていました。

角川　それは将棋でなくて容貌？

幸田　いいえ、将棋の。つまり何というか、小野さんのような年寄という風でもなし、それから井上さんのように鮮やかにさっとやられるというのでもなし、コンクリートでもなし、若くてみずみずしくて、つまり料理の味でも若い人のこしらえたのは、お年寄のこしらえたのと違う、そういう伸び方があったんじゃないでしょうか。それを美しいという言葉で言っていました。

角川　こないだの『宝石』の座談会(江戸川乱歩氏との)を拝見したんですが、あの中で露伴先生が模様の美しさを考えた将棋ということをおっしゃっていましたけれども、そういうものは露伴流のものなんですか、どなたかの影響があった……?

幸田　いずれ影響があるでしょうけれどもおれはそういうんだから玄人じゃないというんです、玄人なら将棋は模様で指さない。それを楽しんで指すんだからおれは素人だって。

角川　升田幸三名人は、将棋というのは芸術だというんです。それは一脈通ずるところがあるように思うんですがね。

高柳　大山さんというのは、ものの善悪をきめないで、そういったようなものをぼかしながら、二人で根比べするような将棋なんですよ。普通のアマチュアですと、模様というのか感じで指すわけですね。大山さんの模様という場合は、このところを見まして、いろいろな計算をしましてね、そしてこれが一番いいようだというんで、あの人はあまり結論出さない。升田さんの方はそれで済まされない。もう一歩つきつめて考える。ですから、模様という言葉を当てはめれば、大山さんの方がそれに入るかもしれない。

角川　模様ということは、今まで将棋の世界では言っていませんか？

高柳　模様というのは、私たちが模様というときは、持久戦模様とか急戦模様とかそういったようなことですね。

幸田　父の方のはそうでなくて、こういうふうに指し進めて行けば勝ち目があるんだけれども、そうするのは定跡だから、こうやった方が危険は多いけれども面白い模様になりそうだからこうする。だから勝ち負は度外視して模様の変化を考えるという将棋。

高柳　しかし、その模様で将棋を指すから玄人じゃないという言葉は面白いかもしれませんね。

角川　棋譜をよく読まされたそうですね。

幸田　読む方にとっては面白くなかった(笑)。一つ間違えば駄目ですから、こう押えておいて読むんだけれども、それをまた遠いところにいて読まされるんですよ。そばにいて読ませるんじゃない。

角川　遠いところというと？

幸田　部屋の向うだとか、あっちへ行って読めという。いやなんでしょうね、そばにいるのが。それがまた長いの、考えているものだから。

高柳　というのは、自分で本を読むと次の手がわかっちゃうから、それを伏せておいて考えながら指して行くんですね。

幸田　よく、「お前間違っていやしないだろうな、間違っていやしないだろうな」といって、しまいに「持ってこい、ほら一つ飛ばしたじゃないか」と叱られることがあるんですけれども。父が写すために私に読ましたこともある。何々というと向うで筆記を取る。そういうときは後から後から行くから間違いっこない。だけれども、一人で考えてやっていられたらこっちは飽きちゃって、面白くなくてね。それから詰将棋も好きでした。配置を覚えて床に入る。朝になって、出来たなんといっているのを聞いて、変なことをいっているなと思ったけど、そういうとき、やはりしつこいなという感じを持った。そのしつこさが付物だということは、私は小さいときから知っていたんです。なぜなら、古い話をうんと聞かされたから。誰と誰とが手合せするときにどうなったとか、お城将棋で誰と誰とが戦ったときはこういうふうになったとか、一人で感激している。盤をそばにおいて自分で並べていて、私にひょいひょいと話しはじめて、しまいに盤がそっちのけになって、泣いたりなんかして話をしている。誰か血を吐く人がいるんじゃありませんか。

山川　天野宗歩と大橋宗珉。天野宗歩というのは小野五平さんの先生です。

幸田　事蹟やなんかは忘れちゃったけれども、子供のころにしみついた感じは、お城というものなの。将棋のそのことよりも、お城の威圧というものを、いやだなあって感じたそこへ入って行って一かばちかみたいな、いわゆる勝負師の勝負というところへ行くまでの、お城というもののこっちへ押してくる気味の悪さ。お父さんはそこをまたよく話したんです。結果はどうか知らないけれども、血を吐く無残さで、こっちがわあわあ泣くの。こっちが泣くと向うがケロッとしてね。父はこっちが小さい子だったことを忘れてしゃべっている。だから私はお城の恐ろしさばかり残っている。

角川　将棋指しは親の死に目にもあえないというのは、そのお城将棋からきているという。入ったら親が死んでも出られないから。

幸田　私はいやだと思いました、お城将棋の話は。お城がいやだった。父の話し方が何だかこっちにわからなくても、雰囲気で押してくる。盤の上で古い棋譜の駒を動かしていて、ときどきわっとしゃべり出すときがあるの。その囲まれている駒がいかに苦境にたっているかというのを、人で話しちゃう。それは気持が悪い、物語ではないんですもの。不動さまが口のなかに剣をつっ込んだというようなのは、物語としてあるから、それはそれなりにこっちも一生懸命に聞くけれども、いきなり将棋が人になっちゃうわけよね。気味が悪くていやだ。ことに将棋盤の裏がどうしたこうしたということになると、将棋が怖いというような感じもしました。

角川　お父さんに将棋を教えてやるといわれたことは?

幸田　子供のときに駒組ぐらい知っておいた方がいいだろうといわれたけれども、ことわりました。でも一つだけ覚えたの。桂馬筋ということ。お前の考えはしょっちゅうまっ直ぐには行かないで、こういうふうにはすかいに飛ぶといって叱られた。それで桂馬筋を覚えた(笑)。

角川　お父さんの将棋の本を読んでいると将棋の歴史を語ると同時に、人生論という気がする。「釣を垂れては、つくづく人間の技の小さくして、天運の力の大なる事を知り、棋を試みては、七情の騒げども益無く、一理のただ頼むべきをおもう」とあるような、あれですね。露伴文学というのは人生論を語っていることが多いけれども、何かあなたへの教育の中で、将棋のことで教えていられたことがありましたか。

幸田　別にそうでもなかったけれども。まだ小さい小学校のころ、歩が成って金になりますね、そうすると裏に「と」という字が書いてある、その歩の成った金というものが、私にはどうしても大きい金と一しょになれない。こっちは子供だから、同じだといわれてもひっくり返したのは違う。それで成金はかわいそうだというの。成ったんなら大きいのを取替えてやったらいいじゃないかというとそんな法はないっていわれる。私はお父さんのところへ寄りかかって、くしゃくしゃいいながら、この金はかわいそうだ、成ってちゃんと立派に金になったんだから大きいのにしてやればいいのにと思った。それから駒の中で、感覚で私は角が成ったのが好きなの。どうして好きか知らないけれども、飛車より角の成ったのが好きなんです。うしろに書いてある字の円みのせいか何だか知らないけれども、あれが好きです。あれが早く成るようにというんで、よく文句つけていたことがあります。

高柳　角の成ったのは、しゃれたもんですからね。働き方がやはりなんか細かいというか、面白さがありますね。角の成ったのは馬飛車の成ったのは竜ですが、飛車は相当強い駒の上に、成れば余計憎らしいくらい強い駒ですが、角の成った方が感じがいいということはありますね。

幸田　そういうことはわからないんですが、ただ角の成ったのは好きで、歩の成ったのはかわいそうだという感じでした。

角川　露伴先生には「将棋雑考」「将棋雑話」の名著がありますが、あなたの「将棋雑談」を偶然私がうかがうことが出来ました。ありがとうございました。

幸田　いたって桂馬筋でどうも。

＊＊

かどかわ・げんよし（一九一七―一九七五）　出版人、国文学者、俳人。著書に『悲劇文学の発生』『雉子の聲』、句集『西行の日』など。

リレー対談

対談者　木村義雄

木村　わたしは露伴先生にはとても可愛がって頂いてねえ。

幸田　あの頃はあたしも若かったのに……いつの間にかこんなおばあちゃんになっちゃって(笑)。

木村　いやいや、まだお若いですよ。

幸田　父は木村さんのおいでになる日は楽しみにしておりました。「木村さんにお会いすると、この将棋はこう指すより方法はないと思ったら、思いもよらない反対の手があった」って……。だからお前もこれから人生を歩むうえに「これはたしかだ」と思っても逆の方を考えてみろってよくいわれました。

木村　戦前、わたしが名人の座をすべったことがあるんです。そのとき先生が「バカヤロー」っていったことを伝えきき、それほどわたしを思っててくれたのかと思い、奮起して名人をとり戻しました。

幸田　その話は違って伝えられてるんですよ。あのとき木村さんが勝つか負けるか、将棋の好きな方はみんな注目しており、お父さんも気にするものだから周りが騒いだんですよ。あたしたちも勝ったとか、大丈夫だとかいろいろいい、局外者が余計な騒ぎをするので父が「バカヤロー」と怒ったんです。もうその頃は父も病気で床についていたんですが、どなられたときは恐かったわ、いままで恐かったうちのそれが一つです。

木村　えらい人でしたね。先生の碩学は知ってたが、本山荻舟《てきしゅう》、矢田挿雲さんの兄貴分で、ぼくの先生である生駒翺翔《いこまこうしょう》さんに連れられていったのがはじめてでした。そのとき玉露のおいしいのをごちそうになり、二回目のときは先生の調合されたカクテルを頂戴した。あのように先生は、いつも洋酒などご自分で調合されていたんですか。

幸田　そうです。

木村　先生のところに通ったおかげで将棋の独創性や歴史など先生から教えを受け、わたしも人様の前で講演できるようになりました。

幸田　木村さんそうおっしゃるけど、父に花もたしてくださるんでしょ？

木村　いいえ、ほんとですよ。それから弱ったこともあるんですよ。一局終ると駒をならべかえていろいろ説明すると、先生はそばにスズリを置いて、いちいち筆で書きとめていられる。その次に伺うと、この前七、六銀といったが、七、六金といったらどうなるって質問される。これには驚いた。こっちはけい古将棋だから、その時の棋譜をいちいち覚えていない。あわくって思い出し盤面にならべて研究するなんてことがあったので、それから先生との棋譜は覚えてた。そんな風でしたから素人であれくらいになれる方はおりませんね。わたしの知る限り菊池寛先生と二人ですね。

幸田　しつこいようでしたね。好きも好きでしたが……。手直ししてもらうときは正座していましたね。

木村　わたしが露伴先生に、「先生」といわれたのにはびっくりした。

幸田　父の筋はどうだったんでしょうか。

木村　素人の天才ですね。天分がなければあすこまでいかない。

幸田　そうですか、それを伺ってみたいと思ってたんですよ。

木村　わたしたちは相手が盤面に向って二つ三つ駒動かしてみれば大ていわかるんです。特に中盤に入って難所にかかるとよく分る。いろいろ手のあるうち「最善と次善」がある。先生はいつもその最善の手を指してきましたね。わたしは先生には一回も負けないつもりで指しましたが一番くらい負けてますね。

幸田　父の将棋には品格というのはあるんですか。

木村　それはね。品格というのは難しく、ひと口に品があるないは説明のしようがないが、一心こめてやってるのは素人でも品格があるわけです。

幸田　ケレンは？

木村　それは少なかったですね。それだけ骨がおれたんです。相手が知らなければ最初はひっかかりますが……。まあジリジリおしてくるうわ手に強い将棋でしたね。専門家を弱くしたというところではないですか。

幸田　そうですか、はじめてききました。座談している時はべらんめえ口調で面白いとこありましたが、将棋はその調子ではなかったんですね。

木村　わたしと指す場合はありませんでしたが、お友達なんかと指す場合は、そういった点はあったでしょう。

幸田　木村さんのこられた日は晩酌に盤をもってきて駒をならべるんですが、そんな時はお酒がずいぶんはずむんですよ。

木村　あれだけ強いと棋譜を並べるだけで楽しいんですよ。われわれも小さい時分、大家の棋譜を並べているだけで楽しかった。

木村　『流れる』は本も映画もみましたが、ああした社会は研究されたんですか。

幸田　ええ、その社会に……。

木村　わたしも少しばかり、芸者衆や女中さんのあり方は知っているが、実によく書けてますね。

幸田　あれが出たら、花柳界からしかられました。

木村　あんまりほんとのこと書いてあるからでしょう。ああしたことは花柳界のどこにでもころがってるほんとのことですよね。「流れる」って題もいいね。

幸田　出版社から先に題をくれといわれ「淀む」とか「とどまる」「橋手前」とかいくつも書いておいたのを出版社が選んだんですよ。

木村　「流れる」だから深いとこも浅いとこもある。いい題だった。

幸田　あの作品の中の女中は一時とどまるでしょう。それであたしは「とどまる」にしたかったんですが……。

木村　芸者の方はほんとに「流れる」ですよ。子飼いから芸者の仕込みしたのはいいもんですよ。

幸田　あれのおかげでご飯がいただけるようになったが、何か変な気がして落つけなかったんです。

木村　いや、先生の血をひいていらっしゃるから、蛙の子みたいに軌道にもどってくる感じですね。

幸田　それがとてもいやなの、ほんとにアメ屋か何かになりたかった。

木村　お人柄ですよ。酒をはかったり、アメを売ったりはあなたに似合いませんよ。その人に似合わなけりゃあ商売だって成功しません。ところで先生の蔵書はたくさんお持ちでしょう？

幸田　ほとんどあたしには無縁のものです。

木村　先生のお書きになったものがどこから出てどうとか……。

幸田　いいえ、父の書いた本の内容より父のいってた言葉のクセ、小言のクセなどが書いたものに出てくるとなつかしいですね。よく「気どった人にトリ貝の寿司を食わせたい」なんていってましたが、トリ貝くわえて鏡の前に立ったことありますが、トリ貝はひと口では食いちぎれないでちょっともて余すでしょう、きれいに着かざって気どってる人がそれをくわえてもて余している。父のいってる皮肉が分るんですよ。このようにあたしは親子としてのあり方で父の本を読んでいるんです。

木村　作家生活していると男をみるまなこは普通の人よりしっかりしてるんでしょうねえ。

幸田　人によると思いますが、あたしは亭主に別れてから父の下に入って長い間父にぶちのめされた生活を送ったでしょう。父がなくなってぱあァっと自由になった。うるさいことという人はいない。何でも自由にできる。人さまはみんなやさしくって父ほどの人はいない。誰とでも自由に恋ができる身になった。しかし考えてみるとそのころもう四十四歳でしょう。そこでまてしばし……で考えたんですね。それで父親の追憶、死から書きはじめたでしょう。そのときに「恋」から書いていれば恋もできたと思うんですが……。一昨年、花火みたら花火に恋があるのね、花火の下で恋を語らったこともないのに……。それで昨年、ことしも恋をみられるなあって花火みに行くと、こんどはあの花火の上るシュルシュルッていう音が空襲を思い出させるんですよ。

木村　人間にはいろいろ転機があるので、まだ分りませんよ。

幸田　あのころの木村先生はやさしい人ってこと考えなかったが、こうしてお会いしているとうそみたいにやさしい。あたしは年とってから男の人をやさしいと思えるのは幸福だと思ってます。

木村　学問とは別に先生は一つの根強いものをもっていた。それが、あなたの教養の心棒みたいなものになってんですね。わたしも親父にぶんなぐられてはだしで逃げたこともあるが、そんなようなことが逆な意味の教養みたいになっている。いまになるとすべてがなつかしい。

幸田　そういう点、あたしと父とは関係深い父子でした。

木村　ものを書くって、おつかれになるでしょうねえ。

幸田　そうねえ、でも若いとき父に畑なんかやらされたときの方がつらかったと思います。

木村　そう、お若いときのこと書かれましたね。

幸田　あれねえ、書くまではお父さんはとてもやかましい人だったと思ってたが、書いてから、あたしが強情っぱりだったから、そういう風にされたんだと思うようになりました。あの鋤を使う苦労……。男の人が一回でザクッとやるのをあたしは力がないから三段に分けてやらなければならないんです。つらかったが、そのお蔭で空襲の時は若い人と一緒に防空壕をほったが、あたしの方がうまくて早かった。

木村　あなたは強情のようにはみうけませんがねえ。

幸田　ことし考えたんですよ。家事雑用やってると物を書く気しないんでやめたんですよ。そしたらお腹に脂肪がたまって体うごかすのが大儀になってきちゃったの。これではいけないと思ってこの正月から朝早起きして雑巾がけなんかすることにしたんです。これがまた苦労で、娘が「母さんあたしがやるからそんなことしないでくれ」

なんていうのをガマンしてやり通したんですよ。そしたら体が元のようにしまってきたが、このように、自分で思ったことをやりとおす強情っぱりのところがあるんですよ。

木村　いまの方が思うことをやり、思ったまま表現できていいでしょう?

幸田　はじめのころは、いいと思いました。いまは大変に制約があります。昔は人の制約だと思ったが……。でも先生、ごはんたべるの父が死んでからの方が楽です。

木村　お嫁に行ったころは……?

幸田　楽しかったのは三月くらいですよ。あとは苦労の連続でした。

木村　どうして先生が酒屋へ嫁にやったか、いまならともかくあの当時、学者のお嬢さんが酒屋へ嫁ぐなんて考えられない。

幸田　父は、学問や芸術をやるものにはむごくってやれない、お前のおっかさんはおれが殺したようなもんだ、なんていってました。

木村　親の慈悲なんだね。

幸田　あたしが十五、六のときは「赤貧洗うが如きとこへやる」なんていってましたから、そのころは学者の嫁ということを考えてたと思うんです。

木村　親となると自分の苦労した道は——当人が好きなら別だが——わたしにしても

この勝ち負けのみちは子供にさせたくないと思う。

幸田　それと一つは産みの母が小商いしていたそうですよ。あたしも将来は何か商いしたいと思ってたんです。あたしが何か外のことでできたとしても他人には親の七ヒカリだっていわれるし……。

木村　ほんとに先生の一家みたいに優れたのは不思議だと思う。

幸田　だから親のヒカラないどっかへ逃れたい気があったんですね。それと何がつらいったって貧よりつらいものはないってこと知ってるでしょ。父もそんなこと考えていたんですね。お前がよければといって酒屋に嫁いだが、たちまちまずいでしょう。それでいろいろ父をゆさぶるんですね。「お前が亭主を悪くしたようなもんだ。早く破産させた方が身のためだった」っていってましたが……。

木村　ぼくなんか下駄屋の職人の倅で、父は早くなくなり兄弟が多いんで母はずいぶん貧乏で苦労した。だからわたしは何もなくなってももともとだと思うから平気です。まったく貧乏ぐらいつらいものはないですね……。

木村　人間、貧乏の苦労をしたかしないかではどっかに差がでてくるが、あしたくう米がないといった場合、男と女ではどっちが強いだろう？

すね。

幸田　一人なら絶対男の人の方が強い。女一人でいるとすぐへこたれちゃってダメですね。

木村　あべこべじゃないかね。男は女房がいる方ががんばれるが……。

幸田　女だって亭主がいればがんばりますよ。

木村　その点女の方が強いんじゃない？

幸田　それはそうですよ。しかし女一人の場合はがんばれませんね。あたし娘がいるんですから、がんばっていいはずなのに、娘によっかかるんですよ。「母さんはいまお金ないんだけど」っていうと、幼いころの娘はあたしと一緒になって「どうしよう」って泣いちゃうんです。そうするとはじめて母親としてのがんばりが出てくるのね。

木村　やっぱり女ってのは、何かに頼る気があるんだね。

幸田　がんばるダシになんかほしいんですね。亭主がいればそれにたよりますよ。このごろは玉子に「とてもやりきれない」なんていうと「こうすればいいじゃない」なんていわれ、そうねえってがんばるの。

木村　わたしの経験では母が死んだのが辛かった。生きているうちはどんなに苦労してもやっていけたが、母が死んでから一家離散するようになったね。わたしは小さく……十二くらいでしたが、まだ稼げないで……そんなおかげで自分は早く強くなれたんですね。母のことだけは、いまでも夢みたり思い出したりしますね。男はがんばるところはがんばりますが、子供が育つうちは母親がいなければいけない。

幸田　女も五十五くらいになると、外見を若くみせることはできるが、中を若くするのが大変です。それにはより多く喜ぶようにするといいですが、やっぱり子供ですね。

木村　子供は母にとって大変な慰安だ。つまり子のない女は先に光がないんだね。ところでお宅の娘さんは？

幸田　まだノロノロしてんの。

木村　あなたのお手伝い？

幸田　別に手伝ってもらってるんじゃないが、いつの間にか身の回りのことやってくれてるんです。この間、娘と雪の山にいったの。そしたらもうあたし足が全然いうときかないの。娘はひょいひょい先に登っていくの。「手を貸すと母さんが可哀そうだから先にいく」って……。その時、あたしは完全に老いたって気がしました。しかし、娘が一人でひょいひょいいく姿をみて「ああここにあの若さを残してやった」って気がして救われたような気分でした。

木村　そうだね。わたしつくづく思うんですが、ある時、緒方富雄博士に聞いたんですよ。こんなに医学が進歩しているのに、人間最高潮になった状態をなぜ死ぬまで保てないかって……。

幸田　二十年くらいたてば、こんな不安な世の中じゃいやだから冷凍してもらい、五十年か百年後に冷凍を解除してもらうことが可能になるというじゃァありませんか。

木村　へえ、それは面白いや、浦島太郎だね。

幸田　一人では淋しいから二十人、三十人と集団で冷凍してもらうんだって(笑)。

木村　じゃあ早くできてもらった方がいい。よぼよぼになってからではつまんないもの。

幸田　いまの科学の進歩具合で二十年といわれているんですから、実際にはもっと早くなるかも知れませんね。

木村　こういうはなしは宗教学者から神を冒瀆するもんだなんてしかられるでしょうね。

幸田　いわれますすね(笑)。

＊　＊

きむら・よしお(一九〇五―一九八六)　棋士。十四世名人。著書に『将棋大鑑』など。

番茶清談

対談者　山縣勝見

山縣　幸田さんには初めてお目にかかるわけですが、どういうものですかねえ、私は親密感をもっているんですよ。あなたのお作を拝見すると、新川にいらしたんですね。
幸田　おそれ入ります(笑)。
山縣　それに私も御同様、明治の生れでしてね、幸田さんと私とは関西流にいえば、私は三つ違いの兄さんです(爆笑)。私は明治三十五年生れ、幸田さんはたしか明治三十七年、九月生れでしょう(笑)?
幸田　その通りでございます。
山縣　関西では、それを三つ違いの兄さんというんです。まして、あなたは新川におられた。新川のことは、あなたの「勲章」のなかで知りました。たしかその「勲章」のなかだったと思うが、「新川の酒問屋の御新様《ごしんさま》から、どしんとずり落ちるやとたんにしがない小売酒屋の……おかみさんになつてゐた」というのが、実に私の印象にあるんですよ(笑)。新川のお酒屋の御新造さんとはまた関係が深い。深川の新川――例の「〽酒は新川初のぼり」の新川には江戸時代から大きな酒問屋があって豪勢を極めたものですが、その新川に鹿島屋、山縣屋というのがあったが、私の山縣というのはその山縣屋なんです。御承知の白鹿、白鷹の。

幸田　はい、存じております(笑)。

山縣　私は生まれたのは酒の本場の灘の西宮で、大学を出るまでは辰馬姓を名乗っていたのです。それが先代の辰馬吉左衛門が山縣家を継いでいたのですが、白鹿の醸造元の辰馬家に跡継ぎの男がなくて、吉左衛門が辰馬家の方へ戻らざるを得ないことになって、そのあと へ吉左衛門の弟の娘が吉左衛門の身替わりに入って、私が辰馬家から山縣に入って、丁度夫婦養子みたいな恰好で古くから辰馬家と深い関係にあった山縣家というものを再興したのです。そんなわけで幸田さんが小売屋のおかみさんにドシンとズリ落ちたというのに、非常に感銘をうけたわけです。

幸田　私のもと片付いた先でもって、おたくのお名前がもう度々出て聞いておりました(笑)。私ども「日本盛」を扱っておりました。

山縣　その日本盛の伊藤保平という人と山縣家とはまた深い因縁があるんです。山縣の先代は、山縣八重というんですが、これがなかなかの女丈夫で、芝居では当時の団十郎とか、お相撲では横綱大関とかいった連中を、しょっちゅう呼んでいたような人です。伊藤さんの若い頃、よく山縣の家にみえていたようです。これは大分後の話になりますが、あなたが新川におられた頃には、白鹿は荒井商店というのが一手にやっていた。

幸田　覚えております。

山縣　新川にお宮さんがあって、例の「〽酒は新川初のぼり」の船着場があった。あの辺りは昔花柳界でしてね。花柳界としては一流ではないけれども、酒問屋を控えて江戸風な一寸粋なところであったらしいですね。あの辺の情緒は当然あなたの小説の中に出て来べきものだと思うんですが、あれはまだ出てこないようですね(笑)。私が大学を卒業した頃、時々お墓詣りの帰りに山縣屋の旧宅の跡をたずねましたが、その頃まだ花柳界はありました。震災であの辺は全部焼野原になりましたが、それまではお宮さんをはさんで花柳界があり、大きな酒問屋が並んでいたものです。あなたはどの辺におられました?

幸田　鹿島清兵衛さんの御近所です。

山縣　新川の鹿島清兵衛といえばたいしたもので、誰しらぬ者もなかった。例の有名な美妓「ぽんた」を妻にして、その豪華な生活は流石《さすが》の江戸っ子をも驚かしたものでした。鹿島屋の鹿島清兵衛さん、あれが本当の江戸っ子というものの一面を残しているように思うのです。それが晩年落ち目になって、いつだったか、たしか終戦直後でしたが、あの栄華を極めた邸宅の屋敷跡を十万円で買ってくれぬかという話を受けたことがある。新川の酒屋さんのおかみさんにまでなられた幸田さんにとっては、新川を中心にした豪商の栄枯盛衰の跡は好個の題材ですがね。

幸田　そうですね。

山縣　私は本来、先程お話しした通りの灘の西宮ですが、山縣家の菩提寺には深川の浄心寺というのがあって、いまでも覚えているが、当時の千円という金で山縣八重と書いた寄進の石の大きな碑がずらっと並んでいたものです。今から思うと随分派手にやったものらしい。それが新川の酒問屋の心意気であった。江戸を知るためには新川を知らねばならない。その新川をお書きになるのを待望しています(笑)。

幸田　酒屋におりました甲斐には、是非それを書かなければ(笑)。

山縣　酒はおやりになりますか。

幸田　いいえ、それがあまり頂けませんで。

山縣　御新造さんのときには、少しはおやりになったんでしょう？

幸田　いえ、駄目なんです。父は頂きましたけれど……。

山縣　露伴先生は酒仙といわれたくらいだから。

幸田　困りますと何でもするようになって、どういうものかしら、と思って利いてみました(笑)。

山縣　では酒利きの方は相当いけますね。実は私はあまり飲まないんです。

幸田　おや、そうでございますか。

山縣　紺屋の白バカマです(笑)。しかし面白いことには灘の蔵元の主人というのは酒を飲まないんです。更に皮肉だと思うのは、一体に酒飲みが嫌いなんです(笑)。酒飲みが嫌いなら、酒を造らなければよさそうなものだが、そうもゆかないらしい(笑)。その代り酒利きはやります。酒飲みには本当の酒利きはできない。あれは飲んではいけないので、舌でころがして利くわけです。私ら酒は飲みませんけれども酒を利くことはします。番頭のようにはいかないけれども(笑)。私は宴会などで、よく皮肉をいうんですが、皆は酒の銘を飲んで、本当の酒を飲んでいないと。これは菊だとか、鶴だとかいって飲んでいるけれども、それは菊とか鶴とかの印を飲んでいるんだというのです(笑)。

幸田　本当でございますわねえ。

山縣　酒は一倉千石、その一倉千石というのに「おやじ」というのがおりますね。東京では「百日」といっても御承知ないでしょう。御存知ですか。
幸田　いえ、私、存じません。
山縣　それでは酒屋の御新造さんの資格がないですよ(笑)。酒屋の御新造が知らない位だから、東京で百日といっても皆が知らない筈ですよ。灘で百日というのは杜氏《とうじ》のことです。なぜ百日というかというと、ちょうど暮から昔の紀元節の頃までちょうど百日、倉人が倉に入って酒を造るのです。その倉人は丹波、但馬からやってくる。そして百日倉にこもって酒を造って帰るのです。それで百日というのです。醬油は足で踏んで造るが、酒は清浄無垢なもので女人禁制、酒倉へは女は入れない。それから非常に面白いのは、よく映画俳優でいい人があると引抜きをやるが、それと同じように、どの倉のどのおやじの酒がいいということは、すぐ仲買いにはわかるのです。すると翌年には、そのおやじを引抜きにくる。
幸田　ははあ、なるほど。
山縣　そのおやじには、引抜いてきたのだから給料を余計出すのでしょうが、そのおやじがある倉から他の倉にいったとしても、絶対にいい酒ができない。そこが非常に面白いところです。

幸田　おや、なぜでございます？

山縣　宮水というのを御存知でしょう。宮水というのは、西宮の白鹿、白鷹、日本盛なんかもそれでできるのですが、西宮に恵比須神社というのがありますよ。恵比須さんというと、大阪住吉の恵比須さん、これが天下に有名ですが、本当の恵比須さんの本拠は西宮なんです。恵比須三郎という人が、流されて西宮について、いまあの神社のあるところにおさまられた。その西宮に宮水というのがあって、昔の汲み井戸ですね。西宮でそれを一つもっていると、大金持ちになったというんです。その水を灘五郷に配給するわけです。灘の酒というのは、この宮水と、倉の癖と、それから米、米は、たとえば白鷹でいえば三島郡の何村の何兵衛の米と決っていたもので、これらの要素に、倉のおやじの何十年の経験とが有機的にコンバインされて、はじめてそこに酒というユニークな芸術品ができるのです。その中のおやじだけを引抜いても絶対にいい酒はできない。

幸田　ははあ。

山縣　このおやじですが、丹波、但馬では、おやじになることが、村長になることより偉かったのです。おやじになることが一世一代の目標だったといってもいいのです。夏場になると、自分が造ってかこっておいた酒を、六甲山を越えてみにくる。そしてその酒を入れた瓶を振り分けにして、丹波、但馬に帰るのです。そしてそれは手弁当でやってくる。酒というものを自分の子のごとく造り、自分の子のごとく見守るのです。そこには近代の労働運動などと本質的に違うおやじの心構えという得がたいものがあるのです。また酒の樽ですが、これも紀州のどの山のどの斜面の、どの杉と決っていたものです。その杉で造った樽に詰めて、一夏かこったものを、あの遠州灘を越えて江戸に運んだものです。遠州灘を渡って、舟にゆられて、木香も移り、あのトロッとした味になるのです。

いま海運で、西洋の新式なテクニックだと思っていることが、日本の徳川三百年の昔にあったんです。たとえば、「優先荷役」というのがあります。沢山の船が港に着くと一緒になって荷役に混乱をきたすから、ある権利をもって優先的に荷役をする。どんなに船がスピードアップして走っても、港に長く停っていたのでは、なんにもならない。それが江戸三百年の昔から、あなたのおられた新川にあったのですね。酒は厳寒のさなかに造り、夏かこって、新酒を次の正月に出す。その間に木香が移る。今は造るとすぐ出しますが昔はそうでなかった。それで紀州のみかん船と同じように、最初に新川に入った新酒が最も値が高かったとともに、最初に新川に初上りした船が、その一年間「優先荷役」の権利をもったものです。ですから蔵元では最初に初上りする酒と船については、非常に関心をもったものです。昔チンドン屋というのがありましたね。今でも時折場末で見かけるが。

幸田　はい、ございました。

山縣　そのチンドン屋が先に立って、どの蔵元の何丸が、今年は初上りをするかと、灘から浪花あたりを練って、一般の人に「船券」を売ったものです。

幸田　いまの場外馬券でございますね(笑)。

山縣　一方では人気をあおり、一方酒屋としては、自分の酒の宣伝にもなるわけです。このために蔵元では、いい船といい船頭とをもたなければならなかったのです。ですから日本の船主というものは元来北前の米と灘の酒からおこってきたものなんです。早く江戸に新米を送る、早く江戸に新酒を送る、そのためには、いい舟と、いい船頭をもたねばならんというのがもとです。幸田さんは、灘の蔵元を御存知ですか。

幸田　いいえ、知らないんでざんすよ。

山縣　まあ、灘の蔵元へ行って御覧なさい。玄関の敷居が見上げるように高い。そして蔵元の主人というのは威張ったものでしてね。一般の人にはなかなか会わない。会っても高い敷居の上から、応対する。しかしその酒を江戸に積み出すときには、その船長をお座敷の床の間に据えて、お頭付《かしらつき》で、主人が末座に坐って、そうして送り出したものです。それほど船頭を大切にしたもので、そうして初上りした船長には、錦の陣羽織みたいなものを作って、贈ったものです。本当にいい船を造ることを心がけ、子飼いのいい船頭をもち、実に可愛がったものです。戦前の日本の船主というものは土性骨のすわったものだったのです。いうにいえない滲み出るような愛着を、その船と船頭に持っていた。それでこそ唄にいう「〽酒は新川初のぼり」が出来たわけです。

幸田　その頃、樽は四斗でございましょうね。

山縣　四斗でしょうねえ。この頃は世の中がぜいたくになってきたんだが、酒ばかりは依然として瓶詰にしている。一斗樽位つくったらどうかと思いますね。私は戦前、新橋辺りへ人をよぶ時は、必ず黒松白鹿の四斗樽を座敷の真ん中に据えて、京都の樽源の枡に塩を隅にのせて、膳に置いたものです。その樽源の親爺というのは先年死にましたが、非常に変った男で、枡を頼んでもなかなかつくらない。名人気質で、一年も二年もつくらない。枡を皆がもって帰るので、それを補充するのに困ったことがあります(笑)。

幸田さんのお父さんは、かなりおやりになったのでしょう?

幸田　小さい時には情のうございました。夜中に貧乏徳利もって買いにゆかせられました。旅になんぞ出れば、もう朝からで。

山縣　御病気には酒が関係ありましたか。

幸田　酒に関したことといえば、尿に糖があったのですが、それが直接の原因ではありません。歯でございました。歯の金かんが歯ぐきを刺激して、そこから血が出たのが止らなくなりまして、眠っている間に亡くなりました。

おしまいにビールを頂きました。それで酔ったんでざんすよ。あまり頂けなくなりましたし、七月で暑うございましたし、「お父さん酔ったわねえ」というと怒りました。「馬鹿いえ、ビールなんかに酔うもんか」といっていました(笑)。

山縣　酒飲みには酒飲みとしての一つのプライドがありますからねえ。

幸田　ビールを飲んだ時には「これは酔ったというものではないんだ」といっていました(笑)。

山縣　向島の蝸牛庵というのは、どういうところから出たのですか。

幸田　家が貧乏で小さかったからでしょう。ですから、いたところはどこでも蝸牛庵なんです(笑)。

山縣　あの「勲章」を読むと、幸田さんは力持ちのようですね。

幸田　父が亡くなりましたのは、私の四十四歳の時でございましたが、その時には、まだ肉体的にも威張っておりました。それからガタガタと弱くなって、いまは醬油樽も動かせなくなりました。なんと申しますか、そういう運命に逢うものはそういう過去をもつものでしょうか。骨が太くて身体でぶつかってゆくということは、嫌いじゃなかったんです。ですから、樽を動かすコツも覚えました(笑)。

山縣　ずいぶん遠くまで配達されたようですねえ。

幸田　はい。築地の本願寺のそばにビルの一室を借りて。その次には八丁堀に小さい店も開きましたが、売れなくて困りました(笑)。

山縣　お父さんのことを書かれて、「親は勲章をかけ子は前掛をかける」というのがありましたね(笑)。しかし本当の芸術というものは、恵まれた環境から生まれるものではなくして、その逆だと思いますね。

幸田　父が文化勲章をうけたときに、そういう話をいたしました。「科学はお金がかかるものだから、国家でどっさり補助してやるべきものであるが、芸術はそうではないから、こんなふうにして頂かなくてもいいのだ」と。

山縣　私もその通りだと思います。幸田さんの『流れる』にある柳橋ですね。いまの幸田さんをまず頭にえがいて考えると、どうも違うので。あれははじめ取材ということでいかれたのかと思ったが、あれを読むとそうではないのですね。やはり逆境とはいえないかも知れないが、恵まれた生活とはいえなかったでしょう。そういうところから、いまの燦然たる幸田文学が出たのではないかと思うのですがね。

幸田　父がいませば、もう本当に、どんなに喜んでくれたか知れません。

山縣　お世辞でなく、文豪の娘さん、その娘さんが、なにか随筆でも書いたりすると、甘えたというか、世間もそれを純粋な文学としてではないような見方をすると思うのです。

幸田　そうでございますね。

山縣　これは『流れる』(文庫版)の解説を書かれた高橋義孝さんだったと思うのですが、幸田さんが『流れる』を書かれた時に、これが幸田さんの本当の文学の出発であった、ということを書いていたけれども、私もそうだと思うんです。はじめ『芸林間歩』に書かれた当時は、無意識的に甘さがあったかも知れませんが、いまはそうではない。この間、なにかの機会に、ある雑誌にある人が幸田さんの文章について、センシブルだということを書いているのをみて、初めは不思議に思ったのですが、その後あなたの書かれたものをいろいろ拝見して、幸田さんが文章というものを非常に大事にしていられることを発見して感心しました。

私は素人でよくわかりませんけれども、最近の日本の文学というものは、あまりにも文章というものを、おろそかにしておりはせぬかと思うのです。私は中学時代に露伴先生の書かれた『幽秘記』を愛読しましたが、非常に難かしい、何のことかさっぱりわからぬ。露伴先生は漢文を縦横に駆使されるから非常に難かしい。しかしあの語調にひかれて読んだもので、愛読書の一つでした。この間も、あなたの書かれた書物を読み、文章に対する繊細な気づかいに打たれたのですよ。戦後、文学者が沢山出ました。そうしてみなそれぞれにうまいのですが、文章というものに対する繊細な心づかいというものが欠けてはいないかと思うのです。いわんや最近の雑誌なんかに出ているものをみても、文章という点から見てなっていない。文章のうまさにひかれるというようなものはないんですね。ところが幸田さんのものになると、さすがに露伴先生の血をうけておられると思うのですがね。

幸田　それが私、本当に文筆で御飯をいただくことになろうとは思っておりませんでした。父もそう思っていたと思います。ですから、ここにありますものはね、父が私に文学として教えたものじゃございません。いまおっしゃるように、「語感」でございますね、それが、家の隅々にまであった、それを私が、わりあいに永く近く、父の傍にいたものですから、いつかしみた、ということでしょうね。

ですから私、ある悲しさを感じますのは、本当に父に血も分けてもらったし、そういうある雰囲気もつけてもらったのですけれど、それが私にできるかと思うと、悲しゅうございますし、頼りなくもなるのです。ここにもし、私に勉強があって、これについていたら、もう少し出来たかと思うんです。だけど私には勉強がないんです。

ですから私が文章を書くときには、いつでも私の前にあること——書こうとすることについて、これは違う、なんだか違う、だから違わないことを探そう、それきりしかないのです。それはもう、違うとか違わないとかいっても、自分のなかに、はっきり物指しがあるわけじゃないから、カンで知っているようなものなんです。これでもいいだろう、これではなにか違う、違っては嫌だ、本当のものはなにか、これだけなんです。

山縣　そういう御苦心はあるだろうが、しかし受け継いだ血というものは、どんな学問からも生れないと思いますね。仮りに幸田さんが勉強されて、学問を身につけておられても、血のつながりから出るいまのような、にじみ出るような文章ができたかどうか、いまの幸田さんがでてきたかどうか、甚だ私は疑問に思う。あれはなんという小説だったか、はじめのお母さんが亡くなられたとき、あなたの七つの時でしたかな(笑)。

幸田　はい。よく御覧下すっていて、どうも(笑)。

山縣　二度目のお母さんが亡くなられたとき、初めて本当のお母さんになった、というようなことが、小説か随筆かにでてきますね。

幸田　母のことは、散々、悪口を書きました(笑)。

山縣　私の読んだのは悪口でない方のだったかな(笑)。

幸田　ですけど、母というものは、血がつながっていても、いなくても、母だと思うのです。散々いろんなことがあって、母と別れてから、父と別れてから、私に書くことが与えられたと思っております。母の死というものをなかにしなければ、融和というものは、ございませんでした。血はつながらなくっても、母の座にいる人が、結局母だと思いました。母の座というものは偉いものだと思いましたね。ですから、あれもおしまいまで書きついで、いかに私が抵抗して、ごめんなさいというところまでゆかなければ、本当じゃないと思うんです(笑)。

山縣　『流れる』の主人公というか、あの「梨花」というのは、どうしてああいう難かしい名をつけられたのです？

幸田　桃は、シナでは、幸福の美人というでしょう。ところが梨花というのはあまりよくいわれないんです。私は小さい時から、梨の花はきたない花だ、と思っていたのです。小さい花で芯がむきだしになっていて、主人公も芯がむきだしになっているので梨花とつけたんです。

山縣　ははあ、私らのうける印象は、あなたが初めに考えたのとは逆ですね、梨花というのは非常にきれいで、清楚な、可憐なという印象が深いんですね。字からでてくる感じが「お春」というよりも何となく柳橋のような花街の中にいて、泥中の蓮といったような感じを受けるんです、あなたの意図とは逆だな。お春というと、ああいうところになじんだ人のような感じになる。

それにしても私は三つ違いの兄さんだが、幸田さんは思ったよりもお若い(笑)。

幸田　若くもありません、文章を書いたらフケました。

山縣　ものを書くということは、心身をすりへらしますから、それはよくわかりますね。

幸田　私のところへ古くからきてくれる婆やがいるんですよ、その婆やが、私がものを書いてからボケた、というのです。

山縣　ボケたというんではないでしょう、それはフケたんですよ。これはもう文学をやっても、絵をかいても、事業をやっても同じことです。あなたはフケてその位ですから(爆笑)。

この間誰かの本を読んだら、日本美人にいろいろの範疇はあるだろうが、最近の美人コンテストの、いわゆる美人じゃなくて、本当の美人の一人として幸田さんを挙げておりました(笑)。美人というものは、顔が整っているとか、そういうもんじゃなくて、本当の美人というものは一つの精神力のあらわれだと思うのです。たとえば地方《じかた》というものは必ずしも美人揃いではない。その人達が、一たん式台の赤毛氈の上に坐って、三味線を持つか、あるいは唄をうたう瞬間、みんな美人になります。その瞬間には芸というものに全身全霊を打ちこんでいる。その精神的閃きが、すべての人を美人にするのです。男でもそうです。事業にしろ芸術にしろ、それに打ち込んでいるときが、本当に男らしい男といえるでしょう。その意味からいうと、幸田さんはもっとも美人のうちの一人であるといえるでしょう(笑)。

幸田　恐れ入ります。

山縣　私は女流で文学をおやりになる方でお目にかかるのは、あなたで二人目です。

幸田　どなたですか。

山縣　もう一人は非常に不思議な縁でお目にかかりました。お会いしたのは二度だけですが、『本の話』の由起しげ子さん。

幸田　はあ、そうでございますか。

山縣　由起さんは『本の話』で芥川賞をとられ、それから文壇の流行《はやり》っ子になられましたが、その『本の話』の話というのがあります。

幸田　はあ？

山縣　それは有名な海商法の最高権威で、この間まで東北大学の教授をしておられた小町谷操三という博士がいられる。その人が「『本の話』の話」というのを書いて、そして私が「『本の話』の話の話」というのを書く(笑)。そしてそれらを、『文藝春秋』にでものせるという約束をしたのです。小町谷さんは流石に学者で、キチンと原稿用紙何十枚かに書いて、私のもとに送ってこられたが、私はまだ書いていないんです(笑)。

それで「『本の話』の話」の方は、私の笈底に何年か蔵されたままなのです。いつかは責めを果さなければならぬと思っているのですが。その『本の話』の中にある、ある学者の蔵書が私の文庫に入っているのです。『本の話』は戦争中学者らしい生活をした学者の最後を書いたものです。あれは馬淵得三郎という関西学院大学の海上保険の教授で、それが由起しげ子さんのお姉さんの御主人なんです。非常に真面目な人で生前私も親しくお付合いをした。その人が海上保険に関する博士論文を書いて、それをやっと書きあげたところで病に斃《たお》れたのですが、外国の貴重な文献なんか沢山集まっていた。戦争末期、学者的潔癖からいっさいヤミ生活をしなかったので、大変な苦労をして栄養もとれず胸をおかされて、甲南病院に入院されて、とうとう亡くなった。そのうち奥さんも病気になってしまった。それで妹さんの由起さんが心配されて、蔵書を売って療養費に当てようとずいぶん苦労されたらしい。実際苦心して集めた蔵書は手放し難いものですからね。これは自分で苦労して集めたものでないと、この気持はわからない。

幸田　さようでございますわね。

山縣　そこで売ろうと思って本屋にいっても、本屋はいい本だけをとって、悪い本はとらないのです。ところがある日、由起さんが、ある本を開けてみると、本の扉かなんかに、小町谷操三博士と書いてあった。贈呈するつもりでまだ御当人に送られていなかったものらしい。そこで由起さんが、これはなにか故人と関係がある方だというので、小町谷さんのおられた仙台まで、わざわざ尋ねてゆかれたんですね。そうしたら、その小町谷さんが、それならば神戸に山縣というのがいるが、そこにいって話したらどうか、といわれたそうです。それで由起さんが私を神戸に尋ねてこられたんです。終戦直後のことで、当時私もずっと神戸の方におりました。が、本屋と同じような意味で買うというようにとられると困るので、もしどうしても他所でうまく話が調わぬときは、いつでもおいでなさいといってそのときは帰って頂いた。終戦直後のことで、そのときの由起さんのお姿などまだ眼に残っています。しかし本屋は気にいったものしかとらない。それで私の文庫に収まることになったのですが、その間のいきさつを小町谷博士が知っているものだから、どうしても自分は「『本の話』の話」を書くというのです。そこでそれなら私が「『本の話』の話の話」を書くということで、まるで未完成交響楽みたいなことになって……(笑)。

そんなことを思うと、やはり由起さんの文学の出発も、恵まれた環境からでなく、むしろその逆な環境から生まれたということがハッキリいえると思うのです。

幸田 ふり返ってみると、恥と悲しみだけが財産です。それに気がついたときには、なんともいえない気がしますですね。貧乏したときに私がコボすと、父は「とんでもないことをいう奴だ、お前勝手に貧乏ができたなんて考えるなら、ものの役に立たない。貧乏は頂戴しているもので、なろうと思ってもなれるものではないんだ」といわれたものです。その貧乏が大変役に立って、いま助けになっているとすれば、本当に冥利につきると思うのです。それはまた書かなければ気がつかないので、モノを書いて気がつきました。しかし気がついたり、思ったりしたときのワビしさ。

山縣 その気持私にもよくわかります。書いているうちににじみ出るもので、書かなければ隠されていて、一生出てこないでしょうね。樋口一葉にしても、あの生活がなければ、ああいう文学は生まれてこなかったのではないか。ということは、文学は書くだけでなく、読む人の心に訴え、読む人があっての文学でしょうから、王侯の生活もそれはそれとして文学の対象になるが、しかし人間の悲しみを文学を通じて共感するというところに、文学というものが一番われわれに身近く感ぜられるものがある。王侯の生活にはむしろ求めるところなくして、やはり苦難の道を歩いてきた人々からにじみでるものを求めているのですから、恵まれない環境というと悪いかも知れないが、そういう環境から本当の文学は生まれるのではないかと思いますね。

私はこの間幸田さんのある小説を読んで、樋口一葉のニュアンスに通ずるところがあるなあと思いました。それは一葉も文章というものを大事にした人ですし、幸田さんも文章というものを非常に大事にしておられる。私は文章を大事にする作家というものが、もっといてほしいと思いますよ。いまの日本の小説家で、文章を大事にする人というのは、暁に見る星の如きものだと思うのです。

山縣　あの、露伴先生の「露伴」というのはどこからでたんですか。

幸田　十九の時に北海道の余市へ電信技師で赴任して、帰ってくるとき辞令の出ない内に飛出したらしいんですの。それが二十一歳のときで、舟路で塩釜にでて塩釜様に二銭お賽銭をあげたら、その頃東京から郡山まで汽車が開通していて、郡山からの汽車賃しか残らなかったというんです。それで二本松へきた時に野宿なんです。野宿で、

里遠しいざ露と寝ん草まくら

という一句を得たというのです。「露と寝ん」で露伴とつけたんだそうです。

私、その辺りへいってみました。わびしいところでしてね。そのさびしいところで、お団子を食べたというのですが、そこはしもたやになっておりました。その辺を一人で通って、一文なしの旅をして黒い毛朱子《けじゅす》のかさかなんかもって、それっきりだったらしいんです。悲しかったろうなあと思いました。そんなさびしい旅をして東京へ帰って、依田学海さんに育てられて、その号で文壇にでていったんですけれど、しかし、そのことは、父がいる間には聞かせてくれませんでした。その北海道にいた頃というのが、十九から二十一歳までの一番血気さかんなときですが、調べがとどいていないんです。あそこへ人を連れていって調べようというのは、大変なものですから、いまだに果さないんです。この夏は行ってみようかと思っているんですけど。なんだか変な話でしてね。獺《かわうそ》の皮をとって、その商いをしようとしたり、天然氷があるものですから、氷をこしらえて、それを詰めて函館に出そうとしたり、洋装のお女郎さんをさ

せようとしたりしたらしいんです。

戦争の頃は父が七十七、八、九位で、あの時砂糖がありませんでしたね。その頃、「おれは先から砂糖のことを考えていたけれど、こんなになっては手が出ないから、こういう時代になればやはり砂糖のことを考えなければならんじゃないか」っていうんです。「昔ッからおれが考えていたのは、バナナを粉にすることだ」というんですね。「バナナ糖があっていいはずだ、どうしてできていないか調べろ」というんです。それが南方のどこだか陥落したとき、お祝の贈り物だといってフィリピンからバナナ糖だという贈り物がきたんです。お父さんバナナのお砂糖がきたようだといったら「えッ、さあ読め読め」って大騒ぎなんです。なんでも名はバナニアと書いてあるわよっていったら、調べるやら舐めるやらでした。そんなふうで、おもしろいところのある人でした。

山縣　私は露伴先生のあの時分の口絵のついた小説本をもっていますよ。永い間俗事に追われっ放しでいたが、私は本当に自分を見出す時は、というと固い表現になるが、自分の書庫に入って、うずたかい書架の中にうずまって、あのひんやりした空気にふれるときです。その時に、ふっと永い間見失っていた自分というものをとり戻した思いがする。地位も名誉も利害も越えた、何というか澄みきった境地というものを見出す。いそがしい東京の生活から、時たま関西に帰って、この境地にひたるのが、今の私にとっては唯一の慰安であり静養です。

もとの華族会館を海運倶楽部にしまして長い間の念願を実現しましたが、そこに飾るものというので、今は海運界も不況で、みなさんの寄付を仰ぐわけにも参らないので、この間、関西に帰って何年振りかで蔵や書庫に入って、実に久し振りで私自身を見出したような気がしました。

幸田　山縣さんの御文庫は、やはり神戸に……？

山縣　神戸と西宮にあります。本拠は西宮ですから、戦争中あちらに置いていたので、焼けなかったのです。元来私は旧式な雰囲気の中で育ったものですから、何でも古いものが好きなんです。あの戦争中、神田がボンボンやられているさなかに、私は一誠堂の書庫を整理して古版本を探していたものです。神田で本を集める変った男が二人いましてね、一人は中山正善氏。

幸田　はあ。あの天理教の中山さん、それからもうお一人は？

山縣　私です(笑)。当時いつも弁当持参で、神田の古本街をあさって、昼になると本屋の二階で弁当をたべておりました。当時中山さんも関西、私も関西。それで二人のうち、どっちが早く東京駅について、どっちが早く神田を荒すかといわれたものです（笑）。近頃はあまり神田にも参りませんが。

書物に限らず、芸術品でも、すべて蒐集ということに対して二つの考え方があると私は思うのです。最近の新しい考え方からすれば、ある人が蒐集して書庫深く蔵して置くのは怪しからん、一般にみせるべきではないかという論、これは正しいと思うのです。しかしそれが必ずしも全然正しいとは、私は思わない。あの正倉院の御物も、初めから一般に開放していたならば、何百年の今日、あの通りに現存してはいなかったと思う。それと同じで、死蔵に終ってはいかんが、本当に愛着をもったものが愛情をもって後世のために保存するということは、いいことだと思う。

幸田　その通りでございますね。山縣さんは、どんなものを……？

山縣　人様にみせられるようなものは、まあ、クリスチャン・レターくらいのものですか。誰でもやることですが、初めは漢書を集めました。宋・元のもの、日本では古刊本。それから西洋に入った。しかし日本人が西洋の本を集めて、日本の中だけで自慢していても、なんにもならない。日本人の蒐集であっても、同じ集めるなら西洋人に対抗出来るものを集めたい。それには日本を中心とした東洋に関する西洋の古刊本、これならば日本人が集めて、西洋に対抗できるものとなろうというので、日本を中心とした東洋に関する西洋の古刊本を集めた。

一番最初に東洋に来たのは種子島にきたメンデスピントーですが、それから有名なフランシスコ・ザビエルとか、主としてローマからの宣教師が日本に来た。これらの宣教師がローマに報告書を出している。それがミッション・レターです。当時信長、秀吉らはミッションを身近かに置いたが、なにもキリストが好きだったのではない。必要なものは鉄砲であり天文地儀であったわけです。ミッションを身辺に置いてその意を迎えたのも、それらが欲しかったからです。だからそれが要らなくなれば、信長のごときは教会の焼討ちもやるといったわけです。ミッションもまた日本の青史に伝わっていないこと、たとえば信長、秀吉の私事等についても遠慮なく報告している。したがってミッション・レターというものは、当時の日本の政情を知る上に非常に貴重な資料である。しかし今では世界的にこれが非常な稀覯本となっている。

終戦後進駐軍がやってきて、こちらの文化方面のこともいろいろ調べたとき、私のところの文庫も見たいというので見せたことがあります。名は忘れたが学者を交えて数人来た。書庫から引っ張り出して、メンデスピントー、フランシスコ・ザビエルから年代順に並べて、一番最後に例の下田に来たペリー提督が上院に報告した『日本遠征記』を置いた。ペリーの報告書といえば、いまこんなことをいうのはなんですけれど、日米戦争に負けたのも当然のことのように思われるのです。というのは、あの本には、日本の政治、社会事情はもちろん、日本の沿海の深さから地形から、なにからなにまで詳細に報告してある。あの時分にあれだけの近代的な調査をしているということは、驚くべきことです。さてそれでその時、私としてはメンデスピントーやその他の古刊本をみてもらいたかったがそれらはみないで、ペリーの本を手にとって、これは珍らしいというんです。私はその時アメリカという国は、まだまだ古さが足りないなあ、と思いましたね。

幸田　私のところはね、何回も何回も新陳代謝しているものですから。貧乏になると売りますんで(笑)。もっとも大きかったのは大水が出たとき棚がひっくりかえって、書物が水びたしになりました。その時、父がいいました、「おれはもう頼らない、これからは腹の中に書いちゃうから」って。私、子供心に覚えておりますけれど、その濡れた本を、丁寧に一枚一枚、象牙のヘラではがしたものです。唐紙ですから破れやすいし、どっちの字か判らなくなりますしね、しかも早くしないとカビが出ますし、あれは大変な仕事でした。それから貧乏で売りますし、引越しの度に少くなりますし。

この戦争の時には、自分の着るものや寝るものを疎開して父の本を焼いたといわれたのでは、ひとりっ子ですから相すまぬと思いましてね、一部をトラックで埼玉県に疎開しました。その時、父がしみじみしまして、あの残ったものが、これが露伴の蔵書といわれては困る。それが私にはわかりましたが、それならば残して焼けてもいいってものじゃございませんでしょ。どこに責任もっていいかわからないことでざんしょ、実際は。

山縣　それは残っておりますか。

幸田　はい。その時、父がしていたのは俳諧の仕事、評釈の仕事でしたが、その関係のものだけは、身のまわりにおき残しました。ですからこの関係のものは焼けました。

山縣　私は、露伴先生の業績はいろいろあるけれども、俳諧に関する評釈、例の『芭蕉七部集』の評釈というものは、大したものだと思います。俳諧のことはよくわかりませんが、露伴先生の俳諧に関する評釈は、学問的にいっても後世に残るものでしょう。私も先生の評釈書は全部もっております。

幸田　古い俳諧の註釈をすることは、書物がどっさり要ることです。俳諧ですから、生活百般にわたりますから、ずい分材料が要るわけです。人に物を調べさせるわけですが、あんな難かしいことはありませんね。ちょっと知識が足らないと手が届かないんでございます。そのちょっと手が届かないところがくやしいのです。ですから寝ておりましてね、なぜお前はそこを一歩突っ込まないって怒っているんでざんすよ。しかもこの助手は人様の息子さんでしょ。その方の親御さんには父に叱られてる所は、みせられませんですよ。そこが家族の働きどころでございました。ところがその家族の私が人間ですから、そう平らには行かないんです。怒りますと、父はひどいことといって怒るんですよ。いらいらするもんですから、自分にはわかっていても、その人にはわからないものだから、じれったいんですね。怒ってる父ってのは私困るんですよ。そんなに怒って貰いたくないんですよ。だからお父さまはなんて意地が悪いことといって怒るんだろう、あれをもっと丁寧に教えたらいいのにと思うんです。その時は、私はそっちの人の方についてるわけなんです。そして、こんどはその人がのろまったくて、いくらいってもできないときは、父が可哀そうになるんです。ですから襖一重のこっちで、家族も、どちらへも味方でなく困っているんです。それがいわれているそこにあるものは、たった十七文字でございましょ。自分がムカムカしてきますんです。なんだ、あんなもの、という気になる。それが十二時になり、一時になり、二時になって、これでこの解釈は治定したというときは、ほっといたしました。

父が仰向けに寝ている、いっぱいにむくみながら文語体の口述をする。私もやりましたが、寝ながら文語体の口述というのは大変でざんすね。これを仰向けになったまますするんです。それを片っ方で、夢中になって筆記するわけです。そうしてこれで治定したから、これを明日清書して、もう一回読んで、文章の悪いところをなおして、これで決定だとなりますと、私も、私の娘も当時十六だったんですが、涙がこぼれましたね。一生懸命仕事してるのは男でございましょ。男の世界ですよ。感情はそこにないんですから。だけど襖一重のこっちでは女二人が感情がいっぱいになってきているんでざんすよ。そこに空襲でございましょ。父も年とっておりましたし……。

山縣　本当にどう形容していいかわかりませんねえ。

幸田　食物が不自由になって、お芋でしょう。お芋なんか食べたくない人なんですよ。十二時過ぎになって、フライパンでお芋の平たいのを焼いて、せめてもの私の心づかいで、ゴマをふって、それが父娘の気持でした。でもお腹がすいているものですから、それをモクモク食べながら、芋というものは何十年来だ、お前の子供の頃は食べたな、あの頃のことを思いだした、というのです。

山縣　うつくしい情景ですねえ。『芭蕉七部集』の評釈は、おそらく露伴先生ほどのものは今後なかなか出ないでしょう。

幸田　一寸おもしろい調子がございましょ、あの俳諧の講釈に？　ただ俳諧の講釈をしているというんでなくて、父という人が、講釈の中で、自分のやりたいようなことをしている何かがあるでしょ?

山縣　方法論としても独自のものですよ。ああいう俳諧論というものは前にも後にもないでしょう。おそらく露伴先生の学者としてのメリットとしても、一つの最高のものではないですか。漢学で鍛えられた人が、俳諧の面であれだけの業績を残されたということは、当時不思議にさえ思いました。

幸田　あれをやるのを傍で手伝いながら、感情を動かしながら聞いていたことが、やっぱり、こうして雑文を書くようになってから、大変為になったと思っています。何しろ季節が非常にあるものでございますから、それにたいする厳しい批判がある、おもしろうございました。しかしこうして何か書くようになるなら、もっと一生懸命に聞いておけばよかったと思うのですけれど。

山縣　露伴先生は厳しい態度であったと思うのです。露伴先生の晩年に仕えられたということばかりでなく、一方において理くつで説明できない血のつながりというものがあって、そこにはじめて他人をもってしてできない第二の幸田文学が生まれたのではないでしょうかね。

幸田　私の家も父が亡くなってから大へんに変りました。学問というものが全部なくなりましたから。父のもっていたふわっとした影がなくなりました、影があってこそ、女は美しいと思うのですが。第一、影がないと女は弱くなります。たしかに真ッ昼間にぱあっと出ているのも綺麗なことでしょうけれど、影があってこそ、女は美しいところがでてきます。それから緻密でなくなり勇気がなくなります。

亡くなる前の頃、『七部集』が完成したときに、「これを本にして出せば、あしたこの家を潰してもいい。だけど、仕事というものは、誰かが、それを継いだとき、その下にかくれてなくなるのだ。学問は薪を積むようなものだ。みんなが一本ずつ重ねてゆく。重ねてゆくには前の人の頭を踏んでゆく。だからお父さんの上に頭を踏む人が出てきても、それを、兎や角いい、瞋恚《しんい》を燃やすようでは、遺族として、みっともない」、そういってましたよ。

山縣　影がなくなったということですが、あなたの小説に「別れともわかれた」とかいう文章がありましたね。

幸田　丁寧にごらんくだすって驚きました。私の伯父はボートに乗って、千島なぞへいったものですが。私が小さい時に私のことを——筋かいに血のつながっているものは、伯父や叔母に似たりするとか、いとこに余計似たりするんですね——その伯父が私に「お前は露伴のところに生れたが、もし男の子だったら、伯父さんがつれて、千島とか樺太の北の海の船乗りにする」といっていたんです。

山縣　そうですか、船乗りにならなくてよかったですね（笑）。

幸田　それで私が小さい時に感激したんですよ。それが伯父がいつも話すんですよ、船乗りがいいいって話を（笑）。

山縣　そうでしたか。私は昔は外国に行くことをむしろ軽蔑していた時があった。日本の画家がよくフランスへ行くでしょう。日本にいても、画は描けるだろう、ただハクをつけに行くだけじゃないか、と私はよくいってたんだが、そうじゃないですね。やっぱり絵をかく場合には、たとえばパリーのシャンゼリゼーで、秋なら秋の落葉の散り敷く歩道で、あるいはモンマルトルの丘の上で、あの澄み切ったパリの空を、あの色彩、あれは日本にはない色なんですねえ。どうしてもパリに行ってみないとその色彩はわからない。その点文学も一緒だと思うんです。この間もある若い画家に、向うへ行ったがいいとすすめたのですが、幸田文学をさらに完成するという意味において、たとえばフランスの片田舎などにゆかれて、磨きをかけられることをすすめたいですね。たとえばあの『旅愁』という横光利一の書いたものでも、向うへ行かなければ、あれは書けなかったでしょう。向うへいってはじめて書けたものですね。同じような内容はこっちにいても書けるでしょうが、実際に向うへ行かなければ書けぬニュアンスというものがあります。

幸田 そうですね。

山縣 私は小さい時に姉がありましてねえ。いまだに覚えておりますが、姉の膝で眠って、その時のしみじみとした温かさというものを、いまだに忘れられないのです。そのしみじみとした温かさを幸田さんからうける。こんなことをいうと失礼なようですが、幸田さんからうける感じは三つ違いのアネさんのような感じがするのです(爆笑)。私はこれで負けずぎらいなんですね。そのくせ非常に淋しがりやなんだが。八白の寅ですから。あなたは辰でしょう?

幸田 さようでございます(笑)。

山縣 三つ違いの兄さんといいましたが、寅と辰ほど相性のいいものはないって昔からよくいいますね。

幸田 さようのようでございますね。

山縣 その寅と辰のよった今日の対談は竜虎雲をよびますかな(爆笑)。

＊　＊

やまがた・かつみ(一九〇二―一九七六)　山下新日本汽船会長。参議院議員。厚生大臣。著書に『世界海運と国際会議』『風雪十年』など。

父・露伴

対談者　中山伊知郎

中山　芸術院賞の『流れる』を拝見したんですが、あれの舞台は柳橋ですね。それでわたくしに思い出があるんですよ。わたくしが十九歳のとき、奉公にいく田舎の娘さんをつれていったことがあるんです。わたくしも中学を出てはじめて一人で東京に出るわけなんですが、母親の友だちのおばあさんから、この娘もはじめて東京へ奉公に行くんだから一緒に連れていってやってくれというわけで、十五、六歳の娘さんの道連れをたのまれたんです。当時のことですから宇治山田を夕方四時に出て東京駅へ着くのは翌朝の七時か八時ころになるんです。三等の夜汽車で隣りに腰かけていながら一言もものをいわなかった。なにしろ十九と十六の男女なんですからね（笑）。二人ともヤナギコウリを手荷物にあずけたんですがどうした間違いか、わたくしのはついていたが、彼女のがついていない。駅員に頼んでさがしてもらったんですが、どうしてもみつからない。わたくしの方は迎えの人がきているのであとを駅員に頼んでいってしまったんですが、その娘がどうしたか、気になって仕方がなかった。

その娘の行った家は柳橋の芸者屋なんです。芸者になるのか、女中奉公なのか、それは知らなかったが、それからしばらくたってとにかく道を聞き聞き、柳橋まで訪ねていったんです。そのときの印象——それがあの『流れる』の梨花が、女中にいく光景とちょうどぴったりしていて——当時を思い出してはっとしたんです。やっと家をみつけて、こうこういう人を送ってきたんですが、無事につきましたでしょうかといったら、無事につきました、せっかくきたんだからまあ、あがんなさいといわれた。ところが、親から厳重にとめられている場所なもんですから、おつきになったのなら結構ですと早々に帰ったきり、知らずじまいでしたが、戦争の終りころだったか、何かで柳橋にいったことがありまして、その話をしたところが、さがしてあげましょうといろいろ聞いてみてくれました。けれど、柳橋も移り変りがはげしく、とうとうわからなかった。

幸田 そのときの家のあったところなんかおぼえていなかったのですか。

中山 ええ、子供だったから。柳橋を渡って置屋がたくさんならんでいたことはおぼえているんですが……。薄情かもしれないが、その娘さんの名前を知らないんですよ（笑）。ところで『流れる』の時代は戦後ですね。女中のお給金が三千円と書いてあるから……。

幸田　ものを書くことに自信がなくて、何か生きる道があるだろうと、わたし自身梨花の境遇にくるまでにいろいろのことをやったんです。シナ料理屋みたいなところにいってみたり、パチンコ屋にいってみたり。歩きましたね。その行く先々で年をとり過ぎているとか、若すぎるとか、そんなにぐあいのいい年なんてあるもんかとこちらで文句をいいたいくらいでしたね。それほど中途はんぱなんですね。

その間に印象に深く残っているのは日本橋の、歩道とビルとの間に一段と高くなっているところがあって、そこに薄べりを敷いて表札を書く人がいたんです。どこへいっても雇ってくれてがなくて、途方にくれているときなんで、その人がむやみとしっかりみえたんですね。そのわきへじっと座るとおシリがとても冷たかった。忘れませんね。その人としばらく話をしていたんですが、その人が、どこへいってもだめだろうということをいってくれましたね(笑)。中年の寡婦の職業の持ちにくさということをよくきかされたけれども、本当にわかります。

中山　永井荷風があの泥のなかの人情というものの方が、格式のある人情より美しいということをどこかでいっていましたが、ああいう社会の義理とか、戒律的な習慣ですね、ああいうのをどう感じますか。

幸田　人はどうかしりませんけど、わたしにはあるわかりよさがあって楽だったですね。一つわかってしまうと、あとはわかりやすい。

中山　『流れる』はああいった社会に同情というか、そういうものがありますね。

幸田　わたしは向島で育ったんですけれども、ここは花で有名なところで、そのすぐそばの小梅というところに小さい芸者屋町があったので、ここの芸者さんたちが土手のうえをぞろぞろ通るのを、子供のときよくみる機会があったんです。わたしは三味線を習いたかったんですが、家では芸者衆と同じお師匠さんだからと習わせてくれなかった。こっちは習いたくてたまらないので、それにタテつくと同時に、なぜだか土手を通る芸者さんには小さいときからあわれを感じていたんです。三つ子のなんとかで、何年かのちにその感じが出てくるのかもしれませんね。

中山　外国人が芸者をみる目はどうしてもぼくらにはピンとこないですね。よくいえば純粋の芸術家という形でみる。悪くいうと非常に悪い素性の女という形でみる。そういう両方をもっているなかの一つになった味、それが外国人には全然わからないんですね。

幸田　日本人にだってなかなか説明しにくいでしょう、一言では……。

中山　あなたがいろいろのことをなさったのは全部東京ですか。

幸田　ええ。なぜなら、たちがたかったのが娘なもんですから……。悪い意味でもいい意味でも大変な防波堤になりましたね。

中山　文学でたっている女の人で、そういう経歴をもっている人はめずらしいでしょうね。

幸田　はあ……。しかし、ひとつにはやはり家の風というものじゃないかと思うんですよ。だって、だれでもがおやじのことを文章を書く人で、文学に志す人間としか思っていないでしょうけれども、あの人は植木屋がくればそれと一緒にいってしまう。それもまったく自然についていってしまって何か習ってくるとかいうことをはにかまないでやるんですね。おばたち（幸田延子、安藤幸）二人も早くから西洋音楽をやっていますけど、あれもはにかまないで、さらりっと入ってしまったんじゃないかと思うんです。女学校で英語を勉強していてもなかなか西洋人と話せないのに、あんなに小さくてどうして話ができたの、とおばに聞いたことがあるんですが、そうしたら音は言葉じゃないの、といったんです。そのくらい楽な気持ちなんですね。そういう家の風があったと思うんです。

中山　わたくしは非常に古い露伴先生の読者なんですよ。わたくしの十代のころ、先生はドイツの生活を主題にしたのを書いていますね。

幸田 ドイツは大好きでした。ドイツを引合いにしてよくしかられたのをおぼえています。わたしが箱なんか大切にもっていますと、ドイツの女にはそんなのはいない、みんな捨ててしまえとよくいわれたものです。しつっこいほどいわれました。

中山 露伴先生のものには、ものを追及する、執念というか、そういうものを感じますね。晩年の釣りの話、ああいうのを読むと非常に執念深いものを感じますね。

幸田 それはあるんですよ。利根川の上の方へいったことがあるんです。そのとき、おやじの渡った橋かどうかは知りませんが、橋を素通りしてしまうにしのびなかったので河原に降りてみたんです。そうしたらあの人のいっていたように、水がずっと高いんですね。河原が低いのじゃなくて水が高く、自分も水の〝圧〟を受けるんですね。気味が悪いなあと思った。釣り船というのは小さい舟でしょうがね。そのなかで、あいう船頭とのやり合いをして魚をとっているとしたら、どういうことかしらと思ったら、とてもわたしには書けない。残念だが仕方がないんです。

中山 あなたの随筆を拝見すると、お父さんのきつい性格をよくおぼえていて、あなたの方もそれを執念深く(笑)解釈しているので、非常に強い印象を受けますが……。

幸田 父から強い影響を受けているから、こっちも強くなったのだと思います。書くものの話をさきにわたしにするんです。それがうまいんですね。それでわたしがかきたてられて、三十過ぎてからでしたが、泣いたりおこったりして、相手が父であろうとだれであろうと、かみついていくという調子なんです。それを父はお前はバカだというんです。またそれを受けてエキサイトしてしまう。だからますます深いキズになってしまう。向うからいうと、バカだというのがあわれでたまらなかったのでしょうがね。

中山　わたくしは妙な受取り方かもしれないが、先生のいわれた言葉自体よりもこれを受けた側の態度というか、ふんい気という方が強くなるんじゃないかと思いますね。

幸田　それはそうですね。わたしがまごまごして、あっちこっち、心がかたよっているときに、お前はその男がそんなに恋しいのかといわれたことがあるんですよ。これは本当に耳に残っていて忘れられない。愛情もあるし、他人みたいでもあったし、相当ないいおやじだったなあと思いますね。

中山　お弟子さんはどうなふうになっていましたか。

幸田　お弟子さんは、そういうものを受けきれないから悲しみをもって去ってしまって、なかに入ってきた人はないですね。あまりに父のにおいが強いんですね。はじき出してしまう。だからわたしが代表で受けとめた(笑)。父娘は逃げられませんものね。

中山　逃げられないのは親子ばかりではないようですよ(笑)。

幸田　父が晩年に「音幻論」なんていうものをいって、この仕事は人手も多くいるし老眼でぼつぼつやっていたんではだめだ、若い人を集めて明るい部屋でやろうということでした。それはわたしが離婚して帰ってきたので、ぶらぶらしていては困るからはじめようとしたのか、それとも一生思っていたことをここらでやろうとしたのかわかりませんが。その部屋で若い人がいく人もで働いてもらいたい、お前は若い人たちの煮たきをしてもらいたい、食べるものがよければ楽しい思いをするだろうといってました。そのうれしかったこと。はじめて父の学問につながれると思って……。大きなカマでご飯をたき、それをみんなで食べるのだと思うだけで、もう私は幸福感でいっぱいになりました。それもこれも戦争でだめになってしまったけれども。

それから晩年に、父は水の話でおもしろい話をもっていたので、それを残してもらいたくていったんです。まあぼつぼつ気楽な仕事をやるかなといったので、その仕事をすれば、お金もとれて、療養もよくできるから、すぐにもやった方がよいと思って、鉛筆と帳面をもって、マクラのそばへいったんです。お父さん、はじめましょうといったら、何をだいというんですね、さらっとして……。水の話をやるといったではないですか、というと、お前はいますぐここでやれとせまるのかというんですね。ああいうところがぐいっとくるんです。せまるとは何事だというんです。だってやるといったではないですかというと、〝だって〟というのがあの人は大きらいだったんですが、こっちはそれをしょっちゅういわざるを得ないようにさせられてしまう(笑)。でもあとで自分で文章を書くようになって、そのときの父の気持がなるほどとわかりましたがね……。結局、いろいろあったけれども、そんなに悪いつきあいじゃなかったとはいえると思いますね。

中山　当り前ですよ(笑)。

＊　＊

なかやま・いちろう(一八九八―一九八〇)　経済学者。一橋大学教授・学長。中央労働委員会会長。著書に『純粋経済学』『発展過程の均衡分析』など。

二代目の帳尻

対談者　犬養道子
司会　有馬頼義

有馬　きょうは、親の存在が大きいと子供は損するか得するかという……親の影響とか、思い出とかを話していただきましょうか。
幸田　影響といえば、いろいろ、たくさんあるわね。
犬養　親の七光りみたいなものがない状態ってなったことがないからわからないわね。
幸田　そうなの。親の光がもしなかったらどうなってるとおもうなんていいかけられたことがあるけど、ヘドモドしちゃって。ないというのは思ってみるにとどまることで、あるというのは実際なんだから——。
犬養　そうよ。私の場合は少し複雑怪奇じゃないかと思うんです。二代目とも云われ、三代目とも云われるから。ほんとの二代目の被害者だったのはパパ(健)の方じゃないかしら。

有馬　お父さまが二代目だということについてそういうことをお感じになったことありますか。

犬養　ええ、お墓（笑）。おじいちゃま（木堂）のお墓があんまりりっぱで。その中に犬養家の人はすべて入るようにできているの。犬養家は、木堂に代表させておけばいいみたい。他の人の名前は裏に小さく書くの。それじゃかわいそうだから、おじいちゃまとは別の人であったんだということを証明するための小さな碑を建てましょうということになったんです。パパはほんとにたいへんだったと思うわ。議会で答弁がうまければうまいで二代目だからといわれるし、へただと二代目なのにといわれるでしょう。

有馬　僕はおやじと商売が違いましたが、とにかく敵でしたね。最後まで。なんといっても親を踏みこえることが一生の目的なんだ。小さいときに足の指を出しまして、二番目の指が親指より長いと親より出世するというでしょう。僕は長いんだけど、おやじが生きている間どうして親よりえらくなったらいいだろうと一生懸命考えたことがありますよ。

幸田　私は逆で、父（露伴）はたいへん人さし指が長くて、なみのタビじゃはけないほどなんですよ。その分を私が短かいじゃありませんか。だから私、足を出すということはできなかったんですよ。コンプレックスを感じて。しかもこの足が親から出てきたのかと思うと腹が立ちましたね。

有馬　僕なんか小説書いて雑誌に載っても最初にいわれたのは、あれはおやじが頼んで載せてやったといわれましたね。だから自分の実力で、小説がいいから載せてくれたんだというところまで十何年かかっちゃった。舟橋さんなんかにいわせると、僕はおやじが死んでからほんとに書き出したんだといっていますね。何かしらつっかえていてね。晩年は何もしてなかったんですけど、それでも世間の人が名前を知っている間はそういう目で見られますね。

犬養　私、やっぱりパパの場合は間違ったんじゃないかと思いますね。それは自分が晩年とても感じていたからなおかわいそうだった。私の場合は、意識が出たときは、犬養という名前が通用しないところに出てみたときにどうなるかと思ってアメリカに行っちゃったでしょう。うれしかったわ。紹介されるとき、これは犬養さんのお孫さんです、といわれないんですものね。どこの学校に来ている犬養さんです、だけでしょう。

有馬　今ちょっとお話が出ましたが家というものね、幸田さんもそういうものの存在は感じていらっしゃるわけでしょう、ずっと。

幸田　そうでもないんです、家ということは。でもこのごろはおもうんです。考えなくちゃならなくなったのは、一人しかない娘を出したでしょう。そうすると私でおしまいということになりますわね。家の店じまいなわけ。だからちょっと考えてるんですよ。だけど、店じまいって、こういうふうにやるんだっていうのを私、知らないんですよ。私ってものごと実際にならないと、なかなか考えられないんだけど、やむを得ず考えさせられているところ。

娘が結婚して出ていったでしょう。それは私、何年も前から、これはどっかに出ていく人、新しく一家をつくる人ってこと、戦争があろうとなかろうとそういうふうに思っていたの。そしたらその通りになった。こっちに入らず、向うへ行った。どっちでもいいのだから行きなさいといったけど、私って先をおもんぱかるということができない人なの。あくどく実際が来ないとダメなのね。で、一人の生活になってもまださほどは思わない。そしたら二年たって赤ン坊が生れたの。その二年の間、私がころんと一人の生活になったのをみていて、新夫婦二人はいろいろ私に同情をもってくれたと思うわ。聞いてみないけど、あの感じからいうと多分そうだと思うの。一人になった母さんというのをね。

娘の主人は医者なんですよ、小児科じゃないけど。それがまあ五体満足と診ての上で、二人の意見だといって「お母さん、もらいますか」っていうじゃありませんか。私、ありゃっと、うたれちゃった。そりゃ結婚の時から、赤ン坊がうまれたら、なんて話も出ないわけじゃなかったし、なんとなく私もぼんやりとそれもいいなと思ったこともあるけど、二年のあいだに立ち消えみたいになって——つまりそういうことを熱望していたわけではなさそうなのね。妊娠中も、そのことを私のうちの存続とをつなげては思えなかったし、無事なお産のほうが私にとっては大きな問題だった。そのくらいだから、娘たちにもらうかといわれたとき、なにかこう打たれるものがあった。はっとしたような、ぼんやりしたような、ここで幕をしめたいような、あけときたいような、ごたごたっとしたおもいがあったの。でもそれはちょっとの間《ま》で、やはり赤ン坊はもらわないことに気がきまったんです。無理や我慢でなく、自然にそういう気になったんだから、これでいいと思うんです。で、引きつづいて出てきたのが今度ははっきり家の店じまいということになる。そこで、まだよく届いて考えてないんです。断乎としてこの家はこれで終りにする。というほど私に固い心持があるんでもなし、赤ン坊当人の成りゆきもあることだし、そうこだわりたくないんでねえ。いまになって、家ってどういうことだろう、と改めておもっているの。

有馬　犬養家はどうなんですか。

犬養　幸い弟がいます。私は家が続かなきゃいけないとかそういうことをまったく考えなかったのね。ところで弟たちのところなかなか子供が生れなかった。六年くらい生れなかったかしら。それでも私はまだ感じないのよね。ところが生れた。男の子が。その知らせを私、パリでもらって、ああ、これでよかったと思った。よかったというよりも私が結婚しないし、養子をとる気もないし、私がしたわがままみたいなことが非常に都合よく結末がついて、こっちに責任が来ないですんだと思ったのね。

幸田　それだけ軽くおなりになったから、やっぱりあったんですよね、そんなに意識しなくても。

犬養　そう、あったのよ。

幸田　今の経験ではそういう事柄も二代つづきで考えると、寄りどころがあって楽じゃないかと思う。私は弟が死んだので、途中から一人っ子になっちまったの。そうするとおやじさんが、心配しなくていい、なくなるものはさっさとなくなっちゃっていい。だからおまえはへんな小細工しないで――というのはあとへ養子養女を考えたり、生れた子におやじさんのうちの後継をさせるだのということを指すのだけれど、そんなこと考えずに嫁に行っちゃっていいって。そのときは店じまいをおやじさんがする気だったの。父は四男ですから、分家して家は立てたけれど、なくなっちゃってもさして気にすることはない、というの。でもね、そのときは小細工しないと許されない時代だった。だから子供ができるまでは通称は亭主の姓を名乗っていて、戸籍は養子縁組で入れたわけ。そうしないと廃嫡というのがうるさくて――。それで子供を二人生んだら一人おじいさんの方にやればいいとみんながいったのよ。私がとっとと沢山の子供を生むものと誰もが思っていた。それだのに一人きりしか生まなかったし、それが女の子。おやじさんがいうことには、成績のよくない、悪い銀行だ。二人かかって利子が一つだ、なんて。

ところが幸か不幸か、私がまた帰ってくることになったでしょう。帰ってくることになったというのは表向きで、彼の方に戸籍を出てもらって、私が幸田家に残った。そんなわけで、父の代ではなくて私の時になって、今店じまいへぶつかっているの。父の意見をきいてあるのが、私にはとてもタシになってます。うちの存続も一代でなく、二代つづきで考えれば、そう取りつめたような気にならなくて、よくはないかと思うの。絶えるのもつなぐのもね。

有馬　僕のところなんか店じまいしちゃいけないという大前提があったわけです。僕は七人きょうだいの末っ子で、上にふたり兄がいたのが死んじゃったんです。それで僕、結婚して子供ができなくて、その間責められ通し。昔だったら女房が追い出されるかもしれないけどね。僕はおやじの生きてるうちに養子をしろって、姉の子を連れてきてやいやい責められた。だけど、もらうなら他人の子を赤ン坊のときからもらうといってがんばり通して、そのままおやじ死んじゃったでしょう。そしたらヒョコッとできちゃった。おやじの身代りだというんで、店じまいしなくてすんじゃった。ほっとしましたよ、十五年目です。だけど、財産なんて今の税制ではどうせ孫までいかないですね。

犬養　いかないでつぶれるようにできてますね。

有馬　ですからその意味で店じまいですね。やっぱり。

幸田　いろんな店じまいが、いろんなところにある。

有馬　犬養さんのところはおなくなりになって借金残っていました？

犬養　とても心配していたんだけど、それほどはなかったの。ただ選挙のあとだったんで、現金はほんとうになかった。それが税務署にはどうしてもわからないの。で、ずいぶん意地悪された。

幸田　それを聞けば、私はとても仕合せだったと思う。もっとも犬養さんや有馬さんとうちとはずいぶん違うわけだけど、死んだときに二千五百円しかなかったのよ。二千五百円じゃお葬式もできなかった。それ、ちゃんと承認してくれた。二千五百円じゃダメでしょう。それからこの人の出版物は売れないからって。だから仕合せしました。

有馬　政治家って大体借金が多いもんですよね。片っ方に財産があっても、片っ方に借金を持っているでしょう。うちの場合は借金の方が多かった。それで困っちゃった。おまけに戦犯でひっぱられたでしょう。そのときにMPが来て全部財産調べて帳面をつくっちゃった。だから操作が何もできなくてね。しかも戦前の金で三十万円という大金を借りていて、戦後にそれを僕が返さなきゃならない。それで七転八倒したんですよ。そのころは小説は売れないしね。

幸田　私、おやじさんって都合よくいったと思うの。二千五百円しか残らなかったということは、お葬式もできない、食えないということなの。何かしなければならないということなの。うまくいった二千五百円だとおもう。でもそれは私が丈夫なからだだからそれでよかった。もし弱いからだで、二千五百円で子供持っていたらどうしてみようもなかったろうと思う。おやじさんはうまいところだった、と思うんです。

有馬　幸田さん、お書きになり始めたのはいつごろからですか。

幸田　四十四歳です。おやじさんが死んだのが二十二年、その年から。

有馬　そこに何か因果関係がありますか。

幸田　前々から書きたい気があったのを、おやじさんに押えられていたんだろう、などとカンぐる人もあるけど、そうじゃない。読むこと書くことはおやじさんのすることだ、というふうに小さい時から思ってましたし、中年のころ友人から何か書いて世に出たいと思わないの? といわれた時も、ひどく見当違いなこときかれたという感じでした。先程もいうように、私は姉も弟もなくなって、中途から一人娘になったので、お葬式を出さなくてはならない立場だということが、長年にわたって頭にあったんです。そこへ戦争でしょ。何もみな不自由だし、父は年とったでしょ。いよいよお葬式が頭へしみますよ。

あのとき文化国家といいましたね、戦争が終ったあとすぐ。父の近況があちこちからきかれたんです。その一方に、もう父は八十一でしたし、なくなるときっと何か父をしのぶ作文を書かされる、と聞いたんです。お葬式だけでも大変なのに、その中で作文書かされるんじゃとてもたまらない、と思っておそれていると、野田宇太郎さんが親切にはからってくださって、近況を書いておいたほうがよかろうというんで……。それだ正直のところ、それ一つやっておけば、お葬式のときに免除になると思って。それだけですよ。

有馬　葬式まんじゅうじゃなくて、葬式免除……(笑)、小説はもっとあとですか。

幸田　私、小説のこと無茶苦茶です。私の場合は、だいたいはじめに、野田さんも随筆をなどといわなかったし、私も随筆を書くんだなどと思ってしたんじゃなかった。ただ書くようにいわれ、自分もただ書いた。随筆というのはあとから付いたこと。小説はなおのこと。

有馬　でもお読みになっていたわけでしょう、かなり前から。

幸田　いえ、だいいちおやじさんのものが読めません。つかえてしまって、むずかしくて読めません。いやだと思った。おやじのものが障壁になったらあとのものも読みづらくなります。

お父さんが私に読めといってくれたのは、国民文庫刊行会で外国文学の翻訳を出していたでしょう、それを私のところに持ってきてすこしは読んでくれないか、というの。それはおもしろいと思って読んだ。そしてこういうところがこうだとかああいうところがああだとかいっておもしろがって話してくれた。それから「新青年」という雑誌ね、あれも自分が読んだあと私にね。「七偏人」だの「八笑人」だの、ああいうものもちょっとのぞきなさいといったから、ちょっとだけのぞいたら、たいへんおもしろかった。そしたら、こういうところをおもしろがってばかりいてはしょうがねえやつだなあって(笑)、そんなくらいですね。とにかくあまり机のまわりに関係はないんですよ。

有馬　犬養さんはお父さまのお書きになったもの、いつごろお読みになった?

犬養　私、とても早熟だったの。小さいときにからだが弱かったからかしら、字を読むことがとても好きでね。だから学校へ行くずいぶん前に読んだわ。読むということが理解するということと同意語でないとするならば。

有馬　白樺時代にですか。

犬養　ええ。それから大事件があったの。「愚かな父」というのをパパが書いたとき、ほんとにあほらしいことなんだけど、岡山から選挙民が上京して、あれはおじいちゃまのことを書いたんだろうというので、それでお家騒動になったの。とうとう連載ができなくなった。ママなんか親類へ行っても玄関にもあげられない。私もおぼえているけど、「きょうは道ちゃん、お帰りなさいね」といわれた。こんなことで、「愚かな父」は特に興味があって、女学校一年くらいかしら、むさぼり読んだら、ちっともおじいちゃまのことじゃないので、なんてあほらしい世の中だろう、結局自分のしょうと思うことをやってかまわないんだとそのときに思った。

有馬　お父さまが小説をお書きになった動機、あなたごぞんじですか。

犬養　それを実は私今いろんな方に伺っているの。やっぱり知っておきたいの。書くことが非常に好きだったということじゃないかしら。初等科のころからわりと作文がうまくて、とても好きだったのね。おじいちゃまは反対ではなかったのよ。おじいちゃまといえば私は総理大臣になって殺されるまで政治家だと思わなかった。学者だと思っていた。字を書いていたでしょう。だからパパが小説を書いたのは当然だと思っていた。

幸田　なるほどね。

犬養　私の場合は複雑怪奇になるのよ。三代目とか家とかいうことになると犬養の家だけクローズアップされるの。ところが私には長与家の影響の方がつよいです。パパがママと知り合ったのも長与のおじさま(善郎)の縁だし、パパは最初に、志賀さんのところにものを書いて持っていったの。そして白樺に入って、長与のおじさまのところに入り浸りで、ママのお兄さんと仲がよくなってママと結婚することになったのよ。で、私小さいときおじいちゃまは親類じゃなくて、長与のおじさまとかそういう人が親類だと思っていたの。パパは犬養家の同類じゃなくて長与家の同類だと思っていた。

ですから私は、あんまり犬養家のことばかりいわれるとちょっとしゃくにさわるのよ。おじいちゃまの影響というのは、花や、自然や、山が好きだったり、そういう影響だと思う。

有馬　じゃ、どうして健さんは政治へいらしたんでしょう。

犬養　それはシナのことだと思う。それとパパの生い立ち。ほんとうのお母さんでないのよね。そういうケースはたくさんあるけれど、小さいとき非常に不幸だった。だからおじいちゃまに対する愛着というのがパパの場合猛烈に強かったんじゃないかしら。そのおじいちゃまが年をとって、一ぺん引退してなお出てきたのは、シナの関係が深かったからです。孫文さんとか……。おじいちゃまが軍部に殺されたのも、もとはといえばそういうところまでさかのぼるし。パパはそれを継ぐためには、という気があったと思うのです。つまりシナとおじいちゃまとの関係を自分がもう少しやっていきたいとね。ところが、私、驚いたの、第一回選挙で東京の小石川から出たんだけど、鳩山さんをものすごく引き離して、若い人に圧倒的に人気があって当選したの。それはよかったんだけど、パパが選挙に当選した日からうちに来るお客が全部入れかわっちゃった。ヘンなのが来るようになった。それで私は、文士ってなんていいもので、政治家はなんて下等なものだろうと思ったの。パパまでがね。それまでは、人が見えても、パパは会いたくないと「きょうは会いたくないから」といったのよ。ところが政治家になったら、「いませんって断われ」というの。うそをついているでしょう。私はパパはほんとうに下等になった。代議士ってなんといやな商売だろうと思ったわ。パパは遊んでもくれなくなったし……、というのは私はとてもパパとは仲がよかったの。それが晩年かえってきた。だから早死しちゃったと感じたのは、かわいそうだ、残念だということだった。小さい時は、私が絵をかきたいというと、クレヨンから何から全部パパが買ってきてくれて、だいいち私の身につけるものは親子三人で買いにいかなくちゃダメだった。

だからおじいちゃまも代議士だということを発見したときショックだったわ。あの人は二階の書斎で字を書いて、刀剣に粉をふって、庭の手入れをして、とてもいいおじいさんだと思っていた。あの人までが代議士だと思ったときの世の中、ほんとに幻滅。

幸田　その場所にいない者にはわからない味ねえ。

有馬　人の出入りがものすごく特徴をもっていますね、政治家のうちというのは。僕もそういうことを感じたなあ。戦後巣鴨へひっぱられてからぱったり人が来なくなった、あの薄情さ。お金貸してくれといったって見向きもしないしね。こっちは昔貸したのを少し取返すつもりだけど、ビター文貸してくれやしませんよ。僕は政治家ほんとうに嫌いなんですよ。で、おやじのお葬式のときいろんな人がやってくるのを一々見ていた。いやなやつばかり来るんですね。その中にプロ野球の初期の選手が来てくれたときのうれしさ。おやじはプロ野球に昔から関係していたんです。これがおやじの一番いい反面だったと僕は今でもそう思っています。

幸田　お葬式というもの、だれがするの。

犬養　ほんとあれはいやなものね。その人のことを考える人がお葬式をしているのじゃないんですもの。

幸田　だれが、どうやってるのか。私がしているお葬式なんでしょう？　でも、おやじ自身がしているお葬式みたいでもあったわ。だから後継ぎがしているお葬式なんだか、当人が自分の身じまいをつけているお葬式なんだか、そうじゃなくて、生を終った儀式というのでみんなして取行っているのか、よくわからない感じでね。わからないうちにもうおしまいになっちゃうでしょう。

犬養　もうほんとにいやよ。私のところは自民党葬だったんですけど、パパは元気なときときどき自分の葬式のことといってるときがあったの。それで、これが最後のけじめをつけるのだったら本人のいってた通りにしたいからって私、半日自民党幹部とわたり合ったわ。

幸田　いやだといったの。

犬養　ええ。そのとき私とても利口だったの。パパは最後のころ教会のホイベルス神父さんをとっても好きでよく話にいっていた。私、ちょうどいいと思ったのよ。幸いホイベルスさんの日本語って世にもわからないの。私がぺらぺらしゃべっても自民党を納得させることはできない。こういえばああいうでしょう。それで私、ホイベルスさんをつれてきた。そしたら妙な日本語で煙にまいているうちに、向うはホイベルスさんのいっていることは自分たちの望んでいることと同じだと思っちゃって。「全部それでけっこうでございます。」ちゃんとこっちのいうようにきまっちゃったの。ところがあとでやっぱりもめてね。その上、焼場でお骨拾いしながら私に立候補しろというの。私、怒って……。だからお葬式したという気は全然しない。もう一ぺんやり直したいと思うわ。

だけど一番うれしかったのは、お断わりはあったけれどといって、志賀さんと武者小路さんからちっちゃな花籠がとどいた時。

幸田　私のところ、そういう大きなお葬式でなかったってこと、今になってこうやってお話を聞くと、ありがたかったとおもう。やっぱりうまくいったんだなあ、そういうところありますね。一人の人だけうまくいったのじゃなくて、つれた者までもらくにいけるということが。

犬養　変な話ばかりだけどいいんですか。

有馬　ちょうどこれが出るころお盆ですからかまいません(笑)。

犬養　私、お葬式のときしみじみと一人っ子でなかったのありがたいと思ったの。手いっぱいでね、きょうだいは多ければ多いほどいいと思ったわ。うちは少なすぎると思った。弟もそう思ったんですって。

幸田　人間が少なすぎるということは貧乏の一つだとおもうわ。あんまり多すぎるのも貧乏でしょうけど、手が足りないというのもねえ。私はね、おまえはいろいろよくないことがあったけど、帰ってきてお父さんの最後をみたことはほんとによかったといわれた。それと、子供をうんだこと。ほんとにおやじさんの看病、いえそのほかいろんな看病したことも随分役に立ったし、娘がいたのもずいぶん支えになった。

犬養　そうすると私はどうなの(笑)。

幸田　うかつにしゃべってごめんなさい。

犬養　私、自分でもそうだろうと思っていたわ。しょうがないのね(笑)。何かいいことさがさなくちゃ……ウンいいことあるわ。

私の弟、新聞記者なのよ。しょっちゅう動く可能性があるでしょう。そうするとママの老後が問題よ。私の家一寸変っていて、一階がパパたちの住まい。二階は私の家だったの。そこにママをひきずり上げたのよ。一階二階ぜんぶ使っちゃ大きすぎるし、どこかを貸さなきゃ税金がはらえないし、それに下じゃどろぼうに入られやすいというので、私がママを引取って、たった一人で住むようにつくったところに入れちゃったの。お互いなかなかむずかしいこともあるけど。

幸田 よくわかる。

犬養 でもね、私小さいとき弱くて、とてもママに迷惑かけたから、これからママの面倒を見て上げるの……。これはいいことでしょう。

幸田 別の話だけどあなた、そこで犬を飼っていたでしょう。

犬養 今でも飼っててよ。

幸田 ワンちゃんおしっこするの困ったって書いてあったでしょう。それを読んだとき私、とても感じちゃった。さぞ困るだろうと。

犬養 私、いろいろ考えたのよ。結局おしっこ用バルコニーよ。おしっこだって、すぐ流れれば板はくさらないわけでしょう。だから傾斜してるバルコニーをつくってもらったの。飼う以上は責任があるわ。おしっこは必ず出るんですもの。それを出さないということは、いくら訓練所にやったってダメよ。アメリカになると犬用の水洗トイレがあるらしいわ。犬をしつけちゃうわけね。犬がその場所にゆくと、水が自然に出るようになってるそうよ。大きな穴になってると、落っこっちゃうかもしれないから、そこの細工がたいへんよくできてるんですって。

幸田　何飼ってらっしゃるの。

犬養　コッカスパニール。あれは意地のきたない犬でね。その犬がほんとに字の通りの意味で自分が亭主だと思ってるの。メスだけど。一しょに寝るんだけれど、私が枕すると怒るの。枕は自分のものだと思ってる。だから私はいつも枕なしで端っこに寝る（笑）。

有馬　幸田さんは。

幸田　猫平だけ。猫はどんなものか知らなかったから飼ってみたんです。でも薄情なことしないためにはやっぱり努力いりますね。しばしば困らされる。

犬養　うちは前はほんとに動物屋敷だったのよ。十三匹の猫、三匹のコッカ、一匹のドーベルマン、百八十羽の鶏。でもね、今度小さな家に引越すのに百八十羽の鶏つれてはこられないのよ。それでお名残りの宴をしてわかれてきた。

幸田　そんなにいたら卵生んで生んでしょうがないでしょう。

犬養　それはね、パパの歳費はこっちに来たためしはないでしょう。ママは困り果てて何かしようというので、動物好きを活かして、まず犬舎を持ってコッカスパニールの商売をやったんです。鶏の卵は方々と特約して配達していたの、男の人雇って。たいへん純益をあげたのよ。名古屋コーチンだったかな、ママの特別設計の鶏舎に入れてね。

幸田　犬養家ってさすがなものね。朝早く起されちゃうでしょう。あなたも早起き人種？

犬養　このごろはもうおそいわ。低血だから朝動き出せないの。朝が早いときはダメね。幸田さんはお早いんでしょう。

幸田　これだって遺産みたいなもんですね。父が朝早く起きてさっさと仕事しちゃうでしょう。どうしても台所する人がもっと早く起きなきゃならないでしょう。だからやっぱり朝早く起きる習慣がね。

犬養　このごろうちのママ九時か九時半でなければ起きない。代議士時代の朝の早さにはほんとにこりごりしたって。ママは文士のところにお嫁に来たと信じていたから、早起きしようなんて思わなかった。それが政治家になったとたんから二十五年間、朝六時には、もう電話でしょう。いやだいやだと思って離婚までしようと思ったくらいだから、この商売やめたらうんと寝ましょうとただそれだけを楽しみにしていたわけね。パパがなくなったとき、パパにはかわいそうだけどこれからはゆっくり寝ますよと宣言したの。それ、ほんとに実行して起きなくなっちゃった。動物って朝早いんだけど、その点うちの犬は都合よくいってるの。夜寝る前ちょっとだけ晩酌させるのよ。ウイスキーかシェリー。ところがジョニーウォーカーの方が好きで（笑）。

幸田　飲むと寝るの？

犬養　枕して、上向いて、口開いて、いびきかいて。時々寝言云って（笑）。朝の十時ごろに私が起きるといやな顔するわ。十一時まで寝てる（笑）。

＊　＊

いぬかい・みちこ（一九二一生）　評論家。世界の飢餓、難民支援活動を積極的に展開した。貧困子女のためのスカラシップＭＩＦ設立。ハーバード大学客員。著書に『聖書を旅する』（全十巻）、『人間の大地』など。

ありま・よりちか（一九一八―一九八〇）　作家。「東京空襲を記録する会」理事長を務めた。著書に『四万人の目撃者』『ガラスの中の少女』など。

幸田露伴

対談者　山本健吉

山本　きょうは露伴先生のことについていろいろ幸田さんにお話を伺いたいと思います。これまでもいろいろお書きになっていらっしゃるのだけれども、私どもが露伴先生のお書きになったものを読んでいちばん感じるのは、あれだけの学問——というのとはすこし言葉の意味がちがっていて、人生に関する百般の知識といったほうがいいと思いますが、ああいったものは非常に渾然と先生の中に存在していて、やはり幸田家の伝統の深さというものが感じられる。何かお坊主衆の家柄だそうですが、どういうふうなことをなさっていたかお聞きになったことがありますか。

幸田　私、ああいう職制のことをほんとによく知らないんですけれど、うちのおやじさんは「幻談」かどこかに納戸方のことを書いていましたね。茶坊主というようなことだけれど、現役のそういうことであったかどうかよくわからないのです。現役からはずれたみたいなところで献上になる品物の監査役みたいなことをするのじゃないかと私はおぼろにきいていたけれど、はっきりしないんです。

山本　ああいったお坊主衆というのは役得が非常にあった身分だといわれていますね。これは別に幸田先生のご先祖とは関係がないけれども、私どもはお坊主衆というと、お数寄屋坊主とか河内山とかいうのを連想するんですよ。

幸田　下のほうをいじめて賄賂《まいない》をとったりしてね。だけど、私のおじいさん、父の父にあたるひとは、はやくから職を離れていたのじゃないでしょうか。

山本　たとえば露伴先生のおばあさん、何という方か、年譜にも名前がないので……。そのおばあさんが露伴先生に対して非常に躾《しつけ》をきびしくして、いろんなことを教えていられたということを聞きましたけれど……。

幸田　おばあさんは何かお父さんに影響したらしいし、お父さんもおばあさんのことを言ってました。すごいおばあさんで、蛇がいやだといったら叱られたらしい。

山本　こわがったので、そんな意気地なしでどうするかということですね。

幸田　それがおじいさんでなく、おばあさんなんですね。そのおばあさんは私のおばあさん(父の母)にも相当な影響があったんじゃないでしょうか。

山本　ですから、代々女のひとは子供さんたちにきびしい躾をしておられるわけですね。

幸田　なんだか泰然と坐っているみたいな感じでしたよ。

山本　何か幸田家には学問というのではないけれども、世上万般生きるための知識というものが伝わってきているような気がする。それはもちろん文さんにも伝わってきている。

幸田　どうかしら？

山本　それはそうですよ。たとえば水掃除の仕方から障子の張り方、襖の張り方、そういうものも半分は手をとって、半分はやらされて教えられた。

幸田　今ではほんとうにないことでしょう？　だけど、そのころはみながてきたというんです。

山本　みなできたけれど、たとえば畳の張りかえまでご自身でなさったというようなことをお書きになったことがある。あそこまでいくと、やはり並はずれているでしょう。

幸田　ちょっと並はずれていますね。私は思うんですけれど、おばあさんは貧乏ということがずいぶんきいてるのじゃないかと思いますけど、ちがいますか。維新の貧乏、その前にも障子を張るとか襖を張るとかいう下地は一般の技としてあったのでしょうけれど、その後のおばあさんの、ああいうぐっと泰然と坐っているようなものとか生活の知恵は、貧乏がずいぶんきいたのじゃないかしら。おやじさんについてははっきりそう言えると思います。おやじさんが米の型まで知ってるのは貧乏のためです。

山本　そういった幕府のお坊主衆の家柄として、世間に関する知識、いろいろ知っているということが一つの条件でしょうからね。

幸田　そうです、仕事の性質からいって。

山本　そして生活はむしろ豊かだったけれど、御一新で急に貧乏になったわけですね。それはおばあさんの猷《ゆう》さんのときからですか。

幸田　猷さんのときからでしょうね。そのおばあさんというひとは、縫い仕事をする場合に、拙くても速いか、丁寧な仕事をするのなら時間をかけてあくまでも丁寧に徹するか、どっちかでなければいけないという考えのようでした。それで浴衣《ゆかた》を何枚か縫ったというのは明らかに今の内職ですね。ぞんざいでも早わざができなくちゃだめだという。

山本　拙速を尊ぶ。

幸田　それから丁寧なことをするのなら時間がかかることをとやかく言っていてはちがう。その中間の速くもなく上手でもないというのがいちばん馬鹿だという。いいかげんの覚え方か、それでなければ丁寧でどんなに先生にいわれても先へ進まないというくらいならいいけれど、何だかわけがわからなくて時間を食っているようなのは馬鹿だ、ほかのこともできないでそれだけにかかっているのは馬鹿だといってたわね。

山本　露伴先生は少年時代にずいぶん貧乏の経験をなさっているわけで、たとえば一本の鉛筆でも、短くなったら継いで使うとか、ああいう精神はずっと後々まで、もちろん鉛筆をそこまで使うということはなかったろうけれども、そういうようなものの考え方は……。

幸田　だから私にのこっていますよ。いま私は鉛筆しか使わないのですけれど、鉛筆が小さくなったのを哀れにおもう気持、それはそれほど心高いものではなしに、何か親から血の中にもらっちゃって、何となく捨てかねるというところがあるのです。ちいさいときにはその小さい鉛筆を大事にすることに抵抗があったわけです。それがいまだにのこっているのですね。これは親代々子にしみるんだなと思っています。

山本　物を大事にするとか、格物致知という精神があるのですね。失礼ですがそれはお嬢さんには伝わりましたか。

幸田　彼女には、いま三十何歳ですけれど、鉛筆はない。だけどほかのところへ出ていますね。彼女の布巾はおしまいまで白いですよ。穴のあいているのをそこへ出してきても、そんなに気がひけなくてもいいだけに白い。だから特別に時間をかけているとかなんとかいうのでなくて、手がそうなっている。これはやっぱり鉛筆が布巾にあらわれているのだなと思いますね。

山本　そういった個々の例でなくて、もっと根本の考え方として、たとえば水掃除のときも水という性質はどういうものかというところから教えられ、あるいは箒の性質はどういうものか教えるとか、そういうところがあなたのお書きになったもので非常によくわかるんだけど。

幸田　その点は私も、よその家で子供が家事に携わっていたのとはちょっとちがうと思いますね。

山本　そういう精神は、いくら電気掃除機を使う世の中になっても、やはりその時代には形を変えてあるものだと思いますけどもね。

幸田　そうですね。

山本　それから露伴先生は少年時代にいろいろ学校とか塾とかをかわって、あまり長く続いたところはないようですが、あれはどういう理由からですか。

幸田　よく知らないんですよ。その「知らない」というのがちょっと説明が要るのですけれど、憚りある心というのを私はちいさいときから知っていますね。きいてはいけないという遠慮、それを父がもたしたのですね。子供がはじめから憚りある心を知ってるはずはないので、父が憚る心をもたしたのです。それをずっと考えてみますと、親たちの生活が苦しかったということを言うのがいやなような気持があったひとですね。だからそのままごまかすというところがある。そうすると、こっちはわりと敏感な子供だったから、これはいけないとおもって聞かない。そういうようなところがあるのじゃないかと思うんです。

山本　学校をこっちへ一年、あっちへ一年とかわられたのは、経済的な面も考えられるけれども、そればかりではないような感じもする。何か学校で教えることよりも先に行っちゃうような……。

幸田　それから、先生とのまわり合わせというものがあるとも言っていたですね。師というものはめぐり合いがあるという。

山本　ほんとうに師とされたのはだれですか。

幸田　菊池松軒先生というのはそうだと思います。それはなぜかといえば、おしまいまであの先生の軸があったのですけれど、それというのも、ただいい字だからというのでなくて、はっきり別の感じで持っていたから。

山本　菊池先生という方は朱子学で、たとえば異端の書というのですか朱子学以外の儒学の書物とか、あるいは儒教以外の老荘の思想とか、あるいは諸子百家、そういったものを読むのもおこられると書いていられるのですが、菊池先生のところでは非常に熱心に講義をきかれ、勉強されて、そのほかでそういうものも一生懸命読んでいたようですね。

幸田　そうなんです。お父さんって、まごまごしていては損だと言ってました。一つのことに時間をとっていたのでは損だといって、人はこうやって八方に進めるという気があるらしいのね。一つのところばかりに専念するのでなく、八方にひろがって、ぐっと押し出す。軍勢が進んでいくようにとか言ってましたね。それは氷の話で聞きました。氷がはるときは先に手を出して、それが互いに引き合ってつながる。そうすると中へずっと膜をはって凍る。知識というのはそういうもので、一本一本いってもうまくいかない。こういうふうに手が八方にひろがって出て、それがあるときふっと引き合って結ぶと、その間の空間が埋まるので、それが知識というものだという。

山本　その点で学者の知識とちがうわけですね。たとえば、先ほどおばあさんの巧緻と拙速のお話が出ましたけれども、書物をよく勉強するというのも両方あって、中心には丁寧に進むということがあるのだろうけれど、軍勢の進むように拙速でもいいから駈け足で行くという……。

幸田　そういうところもあるのじゃないですか。

山本　幸田さんは文章の書き方あるいは文学をお父さんから教わらなかったということをよくいわれますが。

幸田　ええ、その書き方としては教わらなかった。

山本　方法としては教わらなくても、もっと根本の生き方を教えられて、それがおのずから書き方に通ずるという点で体得されたところもあるような気がするんですがね。

幸田　そこのところは私、はっきりわからないのですけれど、夢中というか、ものも思わずに始めたわけですね。『週刊朝日』に三枚だったか六枚だったかの文章を書けといわれたのですが、そのときはじめて枚数の制限ということがあることを知ったのです。はじめのころは、できるかできないかわからないから、自分のできるなりにということでゆるしてもらったのです。

山本　枚数の制限はなかったのですね？

幸田　おやじさんのときにも枚数の制限があるということを私はあまり知らなかった。しょっちゅう机のまわりで仕事をしていても、何回で何枚ずつ書いてくださいという取継ぎはあまりなかった。いつも勝手にやりなさいということだったのです。そしてできた分から渡せばいいというふうだったので、枚数ということは私にはピンとこなかった。それを私の場合には三枚とか六枚とかいわれたので、はたと困りました。だからその文章は努力しましたよ。とにかく書くよりしょうがないから書いたんです。枚数はどうせずっと広がっちゃって、それを切ったのです。切ったら、名詞がしまいに並んだみたいな文章になってしまって、ずいぶん苦労したのですが、そのあとでふっと台所を思いだしましたね。台所だと、これだけの材料があってこういうお客さまなら、幾品でこれこれ……ということがわかる、やっぱりそのことがあるんだな、どうして私はそれに気がつかなかったのだろうと思いましたね。そのときは悲しかったですよ。わかったことが嬉しいとばかりは言えないですね。わかって、ふっと悲哀感が湧きました。

山本　台所のことはお父さんからいろいろ教えられたようですね。

幸田　そう、それは母のほうがあまり気をつけなかったから、どうしても……。そして父が食いしん坊だったし、私も若くて食慾が旺盛でしたから。私あのとき胃弱でなくてよかったと思う。胃弱だったら覚えられません。ところが私は自分が食べることがたのしかったから教えられたのですけれど、しつこかったですね、お父さんの教え方というのは。

山本　そうすると露伴先生はお台所のことなどもいろいろ批評なすって、こういうやり方ってあるかといって咎められたりすることがありましたか。

幸田　叱られたのは、心がこまかくないといわれた。あらい心であらいものを食わしやがるといって、そういうふうにいわれるのはあまりいい気持じゃなかった。もっとひどく叱られたときには、こういうあらいものを食わして、おれが気性があらくなって、お前のことをおこってもいいかといわれた。私も癪にさわるから、あらけられるならあらけてみよという気がふとしたりしましたけれど、しかしそのときあらけやしません。だけど、ときにカーッとやられると、ああ悪いものを食べさせたかなと思ったりした。

山本　ほんとにくやしくて反撥を感じることが強かったのじゃないですか。

幸田　そうですね、またおこらせるのが名人だったと思いますよ。

山本　だけど、あなたの『おとうと』という作品をみても、弟さんよりも、あなたに対するほうがよほどきびしかったようですね。

幸田　人によるのです。私も自分の家で使う人をお父さんのやったように使おうと思って失敗して、兄さんに凄まれたことがある。今の言葉でいえば人権じゅうりんだというふうにいわれて、私はたいへん意外に感じて、ちょっとおさまらなかった。これだけ一生懸命教えて、なぜこういう逆なことをいわれるのかと思って、やりきれない気持で、訴えるところがないからお父さんに言ったら、お父さんは静かな顔をして

「人を誤った」といわれた。あれはいやだったな。だけど、私、お父さんだって人を誤ったと思うな。だって女中さんやなんかにうんと嫌われましたもの。あれ、みんなやっぱりそうしようと思って、できそこなって怨まれたのだと思うわね。

山本　露伴先生の作品を昔はあまりお読みになっていなかったということを書かれたことがあったけれども、今ではずいぶんお読みになっているでしょう？

幸田　読まないです。

山本　そのうち特に心にとまった作品というと……。

幸田　それは心にとめさせられちゃった作品というものはありますね。『五重塔』はそうですね。教科書に入っていたために、毎年それを習うときにいろんなことをいってくるのです。今は子供さんのほうがこれはどういうわけですかって手紙をよこしなさいますね。そのころはそういうことをきいてくるのは先生方だけだったですよ。

山本　それはあなたにきいてくるわけですね？

幸田　いいえ、父あてなんです。だけど父が、そういうのはお前が返事しろという。秘書の役ですね。どういって返事をしたらいいかきくと、そんなことをきくやつがあるかというんですよ。私はどう返事していいかわからない。だけど、わからないとはいえませんわね。それでやむを得ず覚えさせられちゃったような作品でしょうね。それから戦後もあんなにして歿《な》くなった方があったり、五重塔を焼いた方があったりすれば(谷中天王寺での放火心中)、やはりどうしても頭にきますわね。

山本 後期に書かれたもの、『運命』以後のああいったものはいかがですか。

幸田 『蒲生氏郷』それから……。

山本 「連環記」。

幸田 「連環記」はお父さん、年をとっていましたし、それから一番おしまいの芭蕉の……。

山本 『七部集評釈』は、おなくなりになる直前に完結したのですね。

幸田 あれははやくからやっていた仕事ですが、おしまいのころは焼けて資料がなくなったりして、そのころになると私はお父さんの仕事にいくらか感情をよせることができたようですね。こんな資料で大丈夫かしらと思ったり、視力も弱って、ちゃんと自分の目で本をいじって書くことのできなくなったお父さんをあわれと思う気がして、そういうことからお父さんの書くもののところへ私の気がいくらかやわらかく添っていったかと思うんですけれど、それはごくおしまいのところですよね。あのおじいさん、世の中がどんどん片づいちゃうときに、自分の仕事だけ片づかないで逝っちゃうといけないから、多少のそしり、しくじりがあっても片づけるところまでもっていきたいと言ってました。

山本　それはりっぱですね。未完に終わらせたくなかったのですね。

幸田　だからとにもかくにもおしまいまで行った。

山本　いちばん最後の『続猿蓑』あたりでは、私ども読んでいても……。

幸田　はてな……と……。

山本　感じるところがあるのです。

幸田　それは父のおもしろがり方が少なくなったわけね。なぜかといえば、視力がないから、自分で一生懸命しらべてやることができなくなったから、他人にしらべさせるのは、やはり手の先にもう一つ爪をつけたような感じだったのね。それはしょうがないでしょう。そのころお父さんは寝ていたんです。瘠《や》せて、目をこうすると、心の中がギコギコとなるところがみな見えちゃう。そしてヒゲが生えていて、私はそういう父の姿を見ると涙がこぼれそうになって、学者っていやだなあと思いましたよ。

山本　もっとお若いころに未完の小説がいくつもありますね。ああいうふうについに未完に終わらざるを得なかったということもいろいろ気にかかっていたのじゃないでしょうか。

幸田　だから、それをいわれると「いや……」といって、ごまかすという態度でなくて、はっきり不愉快だという態度をぐっと出してきたわね。そういうときには親子といえども対決みたいになっちゃうの。やわらかく「それはこうだったんだよ」というようなものはなかった。ぐっとひらき直って「だからどうしたってえんだ」という態度でした。ものを書く人のせいか、普通のお父さんのようなやわらかさというのには欠けている人だったと思います。こちらは何気なく「どうしてこれ途中でよしたの?」なんてきくのですけれど、そんな茶の間の話というのではいやらしいの。だからぐっといやな顔で出てくる。そうするとこちらは、いやなお父さんというふうに受けとるわね。

山本 やっぱり世の並みの親子関係とはちょっとちがうようですね。

幸田 ちがうところがある。だから私、若いときに、そういうガチッとした拒絶のない家というものをどのくらい羨ましく思ったかしれません。それで「ああいう家がいい」といったんです。それを聞いて「どこの家だッ」という調子でしょう。いやだなあと思いました。そういうのを「平和がない」という言葉で私はいいましたね。平和がない家だと思った。

山本 幸田家の教育、躾、私どもはもちろんそれほどきびしい躾というものは受けてないし、世の中の多くの人は受けてないのだけれども、しかしやっぱりああいう精神というものはどこか一本あったほうがいい。

幸田　人によってはね。

山本　しかし人によってはということは、相手の人に半ば絶望しているというか見放しているところもあるのじゃないですか。

幸田　そうでしょうね。

山本　そういうと弟さんと露伴先生との関係ということにもなるけれど、何か非常に強い性格で御指導してこられた、とくにそれを文さんには伝えようとされたことがあなたのお書きになったものからも感じられる。それを伝えようとするからには、そこに伝える器がはっきりあるというときにだけ……。

幸田　だけど、その器はいい意味と悪い意味とあるでしょう? いい器で伝えるということもあるし、悪い器で伝えるということもある。子なんて、できちゃうんですもの。

山本　しかし、悪い器のときは、「人を誤った」ということになるのじゃないですか。

幸田　これは私のひがみかどうか知らないけれど、敵というものを嫌うところが似ちゃったんじゃないでしょうか。

山本　幸田先生御自身ではやはりご自分の性格を……。

幸田　自分の性格のいやだと思っているところを私が非常によく受け継いじゃったのだと思うの。「おれに似て馬鹿だな」といったことがありますもの。

山本　話はちがいますけれども、幸田家には音楽家のご姉妹がお二人もいて、音曲がよくわかるという伝統があるのでしょうか。

幸田　おじいさんも、おばあさんもそうです。

山本　露伴先生はどうだったですか。

幸田　音曲は好きなんだけれど、自分はできなかったですね。楽器をいじる手の操作も、声を出すことも下手なのね。ひとのをきいて判断することは、あまり下手でなくできたらしい。だからそこらは耳と手とちがっていましたね。

山本　露伴先生は、小説家という規定でははみ出すものが非常にあるし、何といったらいいのかな。もちろん広い意味で文学者ではあるのですけれど、文学者……。

幸田　というのでもないみたいなところもあるようですね。

山本　教育家的なものもあるし、人生の達人、哲人みたいなところがあるし……。

幸田　はまらないんですね。

山本　何か茫洋としたところは東洋的というか、つかみどころがないというところがあって……。

幸田　終わりのころに自分でもいってましたね。ひとが思うようなおれではないし、おれが自分はこういう人だといったって、ひとは必ずしも納得しないって。だから、どういう人だなんていったってしょうがないことですね。

山本　それはそうですね。

幸田　だけど、たしかに、歿くなるときのことなど考えると、やっぱり親ですね。

山本　それが文さんの実感ですね。

＊　＊

やまもと・けんきち（一九〇七―一九八八）　文芸評論家。著書に『漱石　啄木　露伴』『詩の自覚の歴史』など。

父・露伴を語る

対談者　三国一朗

三国　幸田さん、お早ようございます。

幸田　お早ようございます。

三国　お父様についてお話を伺いたいというわけですけれども、まあよく男親と娘、女親と息子というようなことを申しますけれども、何かお父様とお過ごしになった永い月日の中で、特に気持ちと気持ちの触れ合いがはなはだしかったと思うのはいつごろですか？

幸田　そうですネ。私が父のそばにおりましたのは生れたときから結婚までの二十五年と、離婚のあと帰って来ての約十年、大ざっぱにいって三十四〜五年ですネ。その三十四〜五年のうちで、特に強い印象が残っているのは、やはり子供の頃のことと、父のなくなる前あたりのことですネ。女の子は結婚してしまうと、実家とはつながりがうすくなりますからネ。よほどのことがない限り、あまり父親と話す折はないんじゃないでしょうか？　ですから半生を思いかえしてみると、事件のあった折目折目に、父がいてピリピリしたことをいわれていた、という感じネ。つまり釘をうたれていたわけです。でも晩年は父も年をとって、幾分やさしくなっていたし、私の強情っぱりも大分下火になってきていたからピリピリの釘ばかりでもなくなったけれど――（笑）。

三国　いま、ピリッピリッと釘を打たれるようにとおっしゃいましたけども、娘が父親から釘を打たれるように仕込まれるということは、ちょっと今の世相じゃ、ないんじゃないかと思いますけれどもネ……。

幸田　そりゃ親と子の組み合せによるものじゃないかしら？　親も相当きつい性格で、子も相当に強情だと、釘になっちゃうのじゃないかしら？　親をおこらせるほど、気ばかり強くて、ものわかりが悪ければ、いくら、ものわかりのいい親でも、かんしゃくがおきてゴツンとやる――という段取りでしょうネ。まあ、親子ともに強情で、知恵や力があまり開きすぎてると、そういうことになりますネ。

三国　なるほどそうですか。話し合いということがなくて、一方的に釘を打たれたということでございましたか。

幸田　ええ、大ていそうです。話し合いというのは何度もなかったけれども、その何度かで印象に深いことはあるわネ。たとえば私が「家出しちゃう」なんて言うとき

「お前、家出するならしてもいい。だけども勇気があるのだったら、おれの話を一度、よく聞いてみる気はないか」と、こうくるでしょ。勇気がないということになっちゃくやしいからブルブルしながら「さればどういうことなんだ」といって聞くわけネ。そうすると、あっちのいうことはなにしろ、理窟がとおってますものネ。おさえられちゃう。それでもまだ多分に感情が浪立っていて「家出しちゃう」と言うと「そうかそれなら仕方がない。だがあとの面倒はみてやれない」と、はっきりメリハリつけたこと言うんですョ。「家出する」と言ったってこっちはちょっこり面倒みてもらいたいという気持ちもあるんですからねえ。そこをはっきりと、パチャッとやられるんです。

まあ徹底してやられたんでしょうネ(笑)。

三国　幸田さんは、お召しものの……特に着物に関して第一人者でいらっしゃるわけなんですが、これもやはりお父様の遺産というような意味合いはございませんか?

幸田　ええ、たたかれもしたし、教えてもくれたし、いまではそれがいい財産になってますネ。財産にもいろいろあるけれども、楽しく着るということは財産だと思いますネ。いいものをどっさり着るという先に、どんな着物でも着る、ということをまず第一に教えられたんだと思いますネ。継ぎはぎでも、破けてても、それを着てしっかりしていること、それからいい着物を着てもアガるようなことのないようにということ。ボロにはボロの着かた、綿には綿の着かた、どっちもうまくなくっちゃいけない、というんですかしら？　戦後には、衣料がありませんでしたわネ。私もずいぶんひどいもの着てました。ゆかたの袖が半幅しかない。襟はまるですり切れちまって型なし、というなど。でも、それをほめてくれました。「おまえの着物も、やっとまあ、ある点までいったと思う。それだけヤツレたものでも、そうクョクョしないのはいい」。なんて言ってくれました(笑)。

三国　そうですか。これからまたソロソロ夏になりますが、幸田さん自身は夏にお弱いということを伺いましたけれども、お父さんはいかがでいらっしゃいましたか？

幸田　親父さんも夏に弱いでしたネ。だけどもすごくしっかり耐えてネ。大へん温度の上る日がありますネ。そうすると、そういうときにあいさつがあるんですネ。「けっこうなお天気だネ」と、こういうんですネ。「暑いネ」。というふうに言わないんですネ。それが非常にユーモアがあって、且つ皮肉なんですネ。「えへえへ」と言うよりほか、返事ができないんですが「その受け方が下手だ」と言うんです。「つまらない」と言うんですョ。「あいさつのできない、おもしろみのない女だネ」と言うんです(笑)。

三国　そうですか。夏はやはりお酒を召し上っていたんですか？　お元気のころは……？

幸田　ええ、お酒も飲むし、ビールも飲むし、洋酒もです。夏いただくものでネ「ソウメンのこしらえ方が下手だ」と言われましたネ。

三国　はあ？　そういうことですよネ。人がやったことですから……。

幸田　そうなんです。「だからよほど心を用いてくれなければ、うまく食えない」、こう言うんですネ。

三国　なるほど、なるほど。

幸田　「人のした仕事の上にのっかって、気楽にぞんざいなことでこしらえてこられると、腹が立つ」、とこう言うんです。それに「食べるものは一たん、腹の中に入っちゃったら取れない」とこう言うんです。「まずいと思ったって血になっちゃう。そしてその悪い血が流れちゃう。だからお前さんは親父に対して、大へん悪いことをしている」と言うの。「もし、好きな男のためにならば、そういうことはしまい」と言うの。――キュウッと参っちゃうというわけなんですネ(笑)。

三国　なるほど。幸田さんご自身は、ソウメンはお好きでいらっしゃいますか？

幸田　いいえ。だからネ、つくづくそう思いますけれどもネ。上手というのは、わかるということで、下手というのはわからないことなんですョ。だから私は、真にうまいナというところまでソウメンをなかなか分れないし、それだからうまくできっこないんですョ。そこが困るところで、つまり音痴みたいに穴のあいているところなのネ。ポコッて陥没しちゃっている味なのョ私には。だから気分で食べるように工夫する。ソウメンは気分で食べるんです。最後まで上手に作れなかったんじゃないかと思うわネ。

三国　でも、どなたがお作りになるよりも、やはり幸田さんがお作りになるものを、お父さまは喜んで召し上っていらっしゃったんでしょうねえ。

幸田　文句言いながらネ(笑)。

三国　どうもありがとうございました。

＊　＊

みくに・いちろう(一九二一―二〇〇〇)　放送タレント、随筆家。テレビ番組「私の昭和史」の司会を務めた。著書に『肩書のない名刺』『戦中用語集』など。

いい音・わるい音

対談者　安藤鶴夫

安藤　こんどのプログラムの構成は、三曲と長唄の歴史的鑑賞、発祥から現代までの様式の変遷を探ぐる、というのですが、なかなかおもしろい企画ですね。それぞれの名曲が、それぞれのジャンルでね。幸田さんは、邦楽というものを、いつも聞いていらっしゃいますか。

幸田　ええ、聞くのは、西洋の音楽より邦楽の方が耳馴れてますから……。

安藤　それは会なんかにお出掛けになって？

幸田　いいえ。

安藤　ラジオとか、テレビとか？

幸田　そうです。もう歳をとりましたから、出掛けてゆくというのが、大変で、それに一人でしょう。とても苦労なんです。ことに去年、手を折ったりして……。

安藤　演奏会というものは、その中の一つか二つぐらい、聞きたいものがあるために、交通地獄をかいくぐっていくということがおっくうになりましてね。そこへいくと、最近は茶の間の中へ、名曲がいい演奏でどんどん入って来ますからね。

幸田　それに、立派な機械が出来ましたからね、昔と違って。こうなって来ると死にたくないの。だんだん歳をとると欲が少なくなりますでしょ。ですけど、新しいもので良いものの恩恵にあずかると、私は死にたくなくなるの。「蓄音機」などと言っていた時分の音とは違いますもの。

安藤　その死にたくないというのは、今日の、最も新鮮な最も新しいその感動のために死にたくないということなんでしょうね。

幸田　あの世に、どっさり良いお土産を持って行きたいと思いますね。今の方には、当然みたいなことも、昔には無かったのですから、私は感謝することが沢山ある。無かったという経験もいいものですね。

安藤　幸田家は昔から家の中に音楽があったんでしょうね?

幸田　ええ、西洋の音楽でも、日本音楽でも。親類じゅう誰でもが音を出す事が出来るんです。その中で、私ひとり、ぽこんと、落ちているの。

安藤　へえ、どうして?

幸田　〝音の痴〟なのね。それは、とても悲しいことでした。

安藤 それは文先生だけ?

幸田 どうも、そうらしいんですね。だけどうちの親父さんも、あんまり表現力は、ない方でしたね。

安藤 そうですか。そういえば露伴先生は、歌なんかお歌いになった?

幸田 あんまり、うまかあないわね。

安藤 でもお歌いになった?

幸田 うんと、馬鹿声出してね。

安藤 ほう、どんなものを?

幸田 〝やりさび〟でもなんでもね。

安藤 へえ、幸田露伴の〝やりさび〟なんていいな。

幸田 それから、長唄なんかもね。

安藤 へええ、いろいろあるじゃないですか。

幸田 だけれども、そういうことの教え方が、ちょっと、ヘンなのね。小さい声で体裁作って、ぼそぼそやっているから出来ないんだ、音楽というものは、出来ない所を大声で張り上げてやるから、悪いところがすぐはっきり分るんだって……ね。そうでないと出来るはずがない……。とこう言うの。

安藤　いいねえ。

幸田　ですから馬鹿声出せ、馬鹿声出せってね。娘の玉子が小さい時、日本音楽を習いたいというんですね。

安藤　玉子さんが習いたいんですね、ご自分で？

幸田　ええ、そして、知り合いのお師匠さんに、いえ、お師匠さんをしている人ではないのですが、ただ三味線が出来る人柄の良い人なんです。それで家へ来てくれましてね。

安藤　それァ長唄？

幸田　ええ、長唄。それでおけいこをしていると、親父さんが掛け声をかけるじゃありませんか、もっと大きい声だせ、もっと大きい声を出せって……。玉子は子供だから、それより声が出ないかもしれないけれども、大人である〝おっかさん〟のお前は、もっと馬鹿声が出るはずだ……って。

安藤　だって……一緒に習っていらっしゃるの？

幸田　一緒にそこに居るからですよ。そうすると、〝おっかさん〟が先に馬鹿声上げて調子はずせば、子供が、ちゃんと出来るようになる……と、こう言う……。

安藤　おもしろいなア。

幸田　自分が一杯飲んでいるときなどはおもしろがりましてね、そのお盃を持って、そこの廊下を足拍子をとって、トントンとやるじゃぁありませんか。そうすると、どうしても子供は、ハッスルしないわけにはいかないんです(笑)。

安藤　おじいちゃんにそうやられちゃね。

幸田　そうなんですよ。そして、その拍子が、遅かったとか、速すぎたとかいうんです。出来るようになるには、一つは訓練、一つは納得。納得いってわからなくてはダメだっていうんです。

安藤　実際それァ自分が一番良く知らなければ、ひとに伝えることは出来ないもんなぁ……。

幸田　出来ませんですよ。

安藤　うーん(笑)。

幸田　そのくせ親父さん、自分は表現力はないんですよ、声が〝うろぬけ声〟とかいうんですって……。

安藤　〝うろぬけ声〟?

幸田　ええ、それは、叔母(幸田延子)が言ったんですけどね。高い所と、低い所だけで、真中の所が抜けている声なので〝うろぬけ声〟って言うんですって。

安藤　へえー（笑）。なるほどねえ、本当に、そうでしたか、聞いていて。

幸田　あんまり、うまくないですね。

安藤　それから〝間〟が違うとか、何とか、そういうことはいわれませんでしたか。

幸田　さぁ、私も〝間〟が抜けている方ですからね、あまり良く分からないんですけど……。耳は確からしいけど、声が出ないんですよね。そういう人だから、自分の中にじれったさがあるうえに、習っている孫娘が、出来ないのを聞いたんじゃ、いよいよじれったいから、足拍子をとるっていうことになるんじゃないかしら。

安藤　三味線とか、そういうようなものを、露伴先生は文さんに習えってなことを言われませんでしたか。

幸田　いいえ。ですけど私も、子供のとき三味線が習いたくってね。それは、なんとなしに好きなんです。でも近所に人柄のいいお師匠さんがないし、立派なお師匠さんを、こっちへ招くのは、貧乏で出来ない……それだから、お前には、三味線を習わしてやることは出来ないって断わられたんですよ。

安藤　変な師匠で習わすわけにはいかないということですね。

幸田　人柄の悪いゲスな根性の人には習わせたくない、ということなんです。親父さんの思っていたのは、習っているうちに音楽ばかりでなく、お師匠さんの人柄もこちらにうつるということだったんですね。下品なのをたいへん嫌がりました。
安藤　今のそのーねぇー。露伴先生の〝下司〟っていうようなのね……。
幸田　この頃は、このことば、言わなくなりましたね。
安藤　日本の三味線音楽の中に、何か卑近美っていいますかね、そういう何か非常に庶民的な美しさがあると思うんです。三味線音楽にはね。
幸田　ええ。
安藤　それを、何か軽視する風潮が、このごろ、どうもある。反対に、何か非常に〝芸術的に〟〝芸術的に〟というところがあるでしょ？　そういうものと、その露伴先生のおっしゃった〝下司〟っていうのと、どうでしょうかね、なにかこう……。
幸田　三味線音楽がいやしいというんじゃない。ピアノ習ったってヴァイオリン習ったって、ゲスな音をだす人もいれば下品に弾く人もいる。楽器じゃない。
安藤　それなんだな、それがどうも、このごろ、ひどくあやまられているな。どうもこの、そういういらざる劣等感があってね、まったく不必要な劣等感がね。それが、変な、芸術性追求……本当の芸術じゃないんだけどね、芸術のムードみたいなものを追求しているところがある。
幸田　弱いんでしょうかね？

安藤　弱いんですね、ほんとうの誇りと自信がないいんだな。

幸田　やはり長唄が好きです。それは小さい時に方々から聞こえてきていたせいもあるんでしょうし……。

安藤　日本の音楽で、何が一番お好きですか。

安藤　なるほどね、いちばん耳にあるということね。

幸田　あるっていう程あるもんじゃありませんが、なにしろ私は〝音の痴〟ですから ね。習って覚えたというんじゃなくて、当時世の中にあったのは三味線音楽しかなくて、道行く人が口ずさむものもみな三味線にのるものばかり、自然に耳なれます。その頃には三味線のけいこ所も沢山ありましたね。でもまあ、それもピンからキリまで様々で——芸もさまざま、人柄もさまざまだったんだろうと思います。子供の手ほどきくらいしか技のないお師匠さんでも、人様の大切なお子を預かるのだからといって膝も崩さないように心掛ける人もあるし、達者なバチはさばけるけど身持は悪くて、ゾロッペイな生活だという人もあったと思います。

安藤　そういって三味線の正しいそのものでない型でなく……。

幸田　低いほうへ流れることはウソですからねえ。

安藤　楽ですね。

幸田　でも、楽なことをしていても結構ハバをきかせて暮していく人もあるし、苦労してせまい道を歩きわずらう人もあるし、そうなると段々圧迫されてくるし……。しかしまあ、そう押しつめられた細い道を行くものが、かならずしも滅びてしまうかというと、そうきわまるものでもない。いいものというのはその辺が強いんじゃないでしょうか。

安藤　つまり、もう無くなったかと思っていると、もう息の根が止ったかと思うと、しっぽの方でちゃんと生きているというね、そういう根強さはありますね。

幸田　それには人っていうものが大切だ、ということになってくるわけですが……。しっかりした人間でないと伝えていかれないんじゃないでしょうか。

安藤　音を出すのは人間なんだからな。習うってことだってね、ただ、その芸を習えばいいッてわけのものじゃありませんよね。よく言うんだけど、バスの停留所のすぐそばに、そのお師匠さんがいるから、丁度いいからそのお師匠さんに習おうなんていうんじゃね。芸を習うなんていうのは、たとえ素人の稽古事にしろ、そんなもんじゃないと思いますね。

幸田　便利上というわけですね。

安藤　ええ、便利やなんかじゃねぇ。尊敬したひとがあって、その人に芸を教わるということでなくてはいけません。ところが、いまのは、有名だからとか、なんとかで、ほんとうに芸を尊敬して、師匠を選んでいるかどうか、これがあやしいと思いますね。いちばん大事なことだと思うんです。

幸田　父の若い頃にも、一方には安易に物ごと苦労なしにいこう、そしてむくいは沢山とろうという人もいたんでしょうが……。だって蚊弟子なんていわれた、夏だけちょいと弟子入りして、ふざけているような人もいたんでしょうが、その半面、かりそめにものを習い、ものを教えることはすまい、という固い人も多かったんでしょう。こういう人は無名でも、正直な正しい音《ね》をたてていたといえましょうか。音をたてる、とは主義主張をもっているということですわね。

安藤　そうだ。

幸田　その音をたてるものは、やはり人間ですよね。音楽の場合には楽器と人とがあって、音がたつんですものね。私は音楽をする二人のおばをもっていたんですが、一人（幸田延子）はピアノ、一人（安藤幸）はヴァイオリンです。父がいうには、二人それぞれ音がちがう、というんです。

安藤　どういう風に……？

幸田　人の柄が違うから。

安藤　へえー。なるほど。

幸田　「のぶ子」は「のぶ子」の音で、「おこう」は「おこう」なんだって……。しかもそれが年齢とともに各々だんだんと変化してくる、というんです。

安藤　歳月がたつに従ってね。

幸田　歳月とともに、人間的にも芸とか技とかいうものにも、消長がありますから、その時その時で音はちがうんですねえ。

安藤　いいねえ。

幸田　悪い音はなくすようにしなければいけないんですね。

安藤　悪い音というのは、悪いということなんでねえ。

＊　＊

あんどう・つるお（一九〇八―一九六九）　作家・演劇評論家。著書に『巷談本牧亭』など。

父・露伴

対談者　瀬沼茂樹

瀬沼　露伴先生が明治四十一年に、京都大学に招かれて一年間行かれていたことがございましたね？

幸田　ええ、それがあったために、あとで、「関東の女は」というので、だいぶしかられました。豆を煮ることも、芋を煮ることもできねえのが関東の女でね、と。

瀬沼　だんだん、江戸の、東京のほんとうの下町の人が減ってしまって、いまの東京人はほとんどが他国人ですから、自然な、江戸の女の考え方、男の考え方がよくわからなくなっていますね。端的には、いまおっしゃったようなことでいわれたと思いますが、それでは関西の女はどうかということは……？

幸田　父が関西の女をどう思っていたのか知りませんが、父にしかられることによって、関西の女というのは、たいへん優れているんだという、コンプレックスみたいなものは、知らされました。

瀬沼　それは、男をもてなす意味でしょうかね？

幸田　女そのものができるということなんでしょうか。それと、気持がひたひたしているというんです。いまはそういう形がよくわからなくなってますけど、私どもは武蔵野の野っ原育ち、野放図ですから、それがいけない。昆布ひとつ煮ても、豆ひとつ煮ても、せっかちで出来が悪い。するとその実際をふまえて、「それみろ」とやられる。

瀬沼　実物教育みたいにいくわけですね。

幸田　そう。突きはなしておいて、有無をいわせず、下手なところをぎゅっとひねられるんですから、子供心にも恥を感じますね。

瀬沼　しかし、関東の女性というのは、さばさばした気性の強いところが、逆にまた好きだという人も多かったわけでしょう。

幸田　父のことを好く男の方というのも、やはりそちらの地方にないものをもっている性格やら特徴を喜ばれるからでしょう。

瀬沼　文さんは、七つか八つのときにお母さまを亡くされたわけですが、お母さんは非常に美人だったとか。柳田泉さんの『幸田露伴』に、弟子の田村松魚が、「奥さんは、非常な美人であった。私はその後、いろいろの婦人を見るけれども、そのころの夫人のような、顔立ちの整った、そして純な表情の婦人を見たことがない。顔立ちは、そのころ名妓で有名だった「ぽんた」タイプで、それ以上に整っていた。」たいへんなほめ言葉ですよ。

瀬沼　露伴先生は、日ごろ家庭のなかでも観相のお話をなさっていたとか、うかがいましたけど……。

幸田　ええ、やりました。よく、あの人の顔は、どこがどうなったとき、お前は気をつけてあげなさい、といいました。それから声もそうでした。私があの人は美人だといった人に、あの女がこういう声になったときには、きっとよくなくなるぞ、といって。私、それを十年余も待ちましたかしら。待っていたといったら悪いけれども、いつ声が落ちるか、気になって気になって。

瀬沼　それは、昔、漢学をやった人は、漢学にあるわけですから、それでひとりでにやらなければならなかった。それが一つの運命の占いみたいなものですから、人のも、自分のもみるということは普通だったわけでしょうね。

向島の寺島におられたころ、あのあたりはたくさん文士の家があったんですが、どなたか文士にお会いになった記憶はございませんか。

幸田　私は、数えの六、七歳ごろから玄関番をさせられたんですが、たまにしかお見えにならない文学関係の方はよくわかりません。それに、昼間は学校に行ってしまっているわけですから、夕方からのお客さまのお取次ぎだけですし。詳しくは知りませんが、なにか物持で、出版かなにかなさった方で、水野さんていう方がいて、たいへんいいお履物だったことを覚えてます。そのときに、父に履物を見ることを教わりました。下駄というのは、生えている木をどう切ると、あの目が出てくるとか、その目の一本は現在いくらだから、いくつ筋のある下駄はいくらだとか。

瀬沼　先生のお書きになった随筆のなかには、そういう細かいものについてのいろんな考証をなさったものがたくさんありますね。坪内逍遥にはどこかでお会いになっていますか。

幸田　明治二十何年かに、父が逍遥のお宅へ年始にうかがったということはございますが、宅へはお見えにならなかったように思います。鷗外の記憶もありません。

瀬沼　先生と鷗外が仲悪くなったことがありましたね?

幸田　というお話ですけれども、父のすることは、とくに仕事の関係は、私ども、たいへん憚りをもっておりましたから。

瀬沼　そう、昔は男のすることに女は口を出すなということがありましたからね。いまでもそうですよ（笑）。

幸田　よく私いわれました、「手取鍋おのれは口が出過ぎたぞ」（笑）。いやでした。こういうものの言い方は、やはり効くんじゃないでしょうか。

瀬沼　こうして文さんのお話をうかがっていますと、ことばがなにか古語的ですね。そういうのも先生に訓練されたためでしょうか。

幸田　ええ。お客さまのお取次ぎでも、とにかくはじめが、「するか、せんか、どっちかだ」と、「後生だからはっきり言ってくれ。それでなければ取次ぎはつとまらない」って。大人がするみたいに、真っ直ぐ相手を見て、むこうの言うことをまずよく聞くんだ、それを覚えてきて親父のところへ行って、親父の言うことをむこうへちゃんと伝える。その間に自分が勝手にこしらえてはいけないっていうんです。だから、「いまはいやだと言いました」というような返事になってしまうわけ（笑）。

瀬沼　いちいち復唱するわけですね。

幸田　二十二、三のときでしたかしら。新聞社の方々がいらしたとき、父は会うのがいやだというんです。「おれは、そんな義理はねえ。」玄関の隣りが三尺の廊下で、その襖のむこうに父がいるんです。そのとおりにいうわけにいきませんから仕方がなくて、「あのように申しております」と（笑）。ほんと、こわかったですね、むきになられると。

瀬沼　先生のこわいところばかりですが、やさしいところはどうですか。

幸田　いまどきのお父さん方よりも遊んでくれたと思います。縄跳びでも、綱渡りでもしてくれました。それから、いっしょに鮒も釣ってくれたし、メダカをとったり。私が二十何歳かになったときでしたかしら。鰯の泳いでいるのを見たことがないっていいましたら、「これはいけない」といって、伊豆の三津浜《みとはま》へつれていってくれました。そして船を出してもらいました。囲った鰯ではないんです。畳一枚くらいの小さなグループになって泳いでいるんですね、鰯って。「見ろよ、これだ。これが鰯なんだ」と。鰯というのは、どんなに群れたがって、傷つきやすくって、そして弱い魚かということを、わざわざ見せてくれました。

瀬沼　それもやはり、実物教育なんですね。

幸田　ええ。ていねいだったと思います。いまのお父さん方なら図鑑でひくことを教えてくれますが。

瀬沼　しかし、いまちょっと、鰯の泳いでいるのを見せろといっても……(笑)。

幸田　時代が違うから、仕方がないんでしょうけど、実際がないから、鰯の感覚というのがないわけなんですね。だから、「鰯こおい」といったときに、それがどうかということは、お前の手のなかにわかるはずだって。

瀬沼　しかし、そういうところに、文さんが一本立ちする基礎教育があったわけですね。それがいつの間にか身についていて、文章を書く、つまり写生がひとりでにできたわけですね。

幸田　でも父の知らない新しいものを見てきたときなど、うかつに喜んでいえないの、追求がはげしくて。そのあげくにしかられる。「なんだお前、それだけか」って。「お前は小さいとき、おれに話をしてくれといって、それからどうしたの、それからどうしたのといった。だからおれも、お前になにか聞くときに、それだけか、それだけかといっても、ちっとも過酷ではない」と。『三国志』の話など、私よく「それから、それから」と聞いた覚えがある。おもしろいところで「また明日」って、連続活劇みたいなものですよ(笑)。それとか仏典にある話とか。

瀬沼　もっとも、先生は大乗仏教をたいへんお読みになっていましたからね。

幸田　子供のために書いた『宝の蔵』というのがあるでしょう。あのなかの、「兎が火のなかに飛び込んだ」なんというとき、目に見えるような話ですから、こっちはすっかりまいってしまう。「それで兎はどうなったの？」「こげちゃうんだよ。」「こげてどうなるの？」「死んじゃったんだよ」(笑)。それで涙ぼろぼろ出して泣いちゃう。

瀬沼　芭蕉の『七部集評釈』の話などは……?

幸田　難句にぶつかったときなど、私は字面も見ないで耳で聞くだけのことでしたから、その句の解釈がどんなふうになっていくかと、それが聞きたいばかりに、御飯を早くできるようにしちゃうの。いつもなら料理も順々に出すものを、いっぱいこしらえて一度に出してしまうものだから、「おれ、馬じゃねえよ。食べるのは、口一つだ。順繰りにしか食えねえんだぞ」(笑)。

瀬沼　先生のお弟子さんにいろいろ変った方がいらしったでしょう?

幸田　弟子といっても、私など子供たちには、なんだかわかりませんでしたが、ただしょっちゅう来ていた人ということでは……。

瀬沼　もう、田村松魚とか田村俊子とかの時代が去った後の話ですね?

幸田　でも、俊子さんは、私、何度かお給仕した覚えがあります。たいへんハイカラな人でした。

瀬沼　あの人は、そう美人ではないでしょう?　お化粧はたいへんしてますけど。気狂いじみた着物を着てね。いまならあたりまえなんだけども、非常に派手な、女優みたいな着物で、少しだらしがない。

幸田　母などとは、違うふうの方だと思ってました。

瀬沼　先生とご一緒に旅行されたことなどありますか。

幸田　昭和元年でしたが、弟が結核で亡くなりましたでしょう。そのとき、家族の構成が、私がついてやるよりほかに仕方がないような状態でしたから、つきましたんですよ。そのあとで、どうしたことですか、私がパラチフスになりました。そうしたら父の言い方がひどいんですよ。夜明け方熱があがるというのは、検温器がこわれているからだって。弟のことは、いい条件で看病に最善をつくしてやったのに、私が病気になると、そういうことをいう。ああいうの好きじゃないな(笑)。でもあのときは、お手伝いさんに病院に着物やなんかをもってこさせて、そのまま父と一緒に汽車に乗りました。

瀬沼　どこへいらしたんですか。

幸田　伊豆でしたけど、いちばん先にいったのが修善寺。そこで私、旅というものを父から教えてもらいました。「こうやって、おれとお前と、幾日か旅しようというのは、アクセントをつけたほうがいいからなんだ」と。ですから、修善寺は最初に落ち着く宿だから、いちばんいい待遇にしてもらったわけ。そうしたら、次の湯ヶ島の宿なんか、商人宿みたいなところにがた落ち。女中さんが火をもってくるのに、台十能とはいえ、台所の焚落《たきおと》しですよ。それを立ったまんまで火鉢のなかに、ざざざッとやるの(笑)。障子の桟が欠けているところがあって、私が、いかにもわびしいといったら、これがわびしいようじゃ旅はできない、これを面白がらなきゃだめだというんですよ。

瀬沼 自分の若いころの「突貫紀行」のことを思っているんじゃないかな(笑)。

幸田 そうなんですよ。それで、「湯があっても、冷たいかもしれねえから、気をつけて入れよ」(笑)。

瀬沼 弥次喜多になっていますね。

幸田 そのころ、あのあたりはまだ辺鄙《へんぴ》で、村の子供がついてきて、私の袂から長襦袢の袖を引っ張り出すんです。広い、まだ早春の冷たい、だけれども明るい陽ざしのなかで、赤い長襦袢、一本道の真ん中で、ひろげられちゃうの。変な色ですよ、あれ。女としてやぁな感じ。父にそれをいったら、「お前はそれを嫌うけれども、この子の頭におできができてる。それをお前はなんと見る」というわけですよ。私、「きたなくて嫌いだ」って(笑)。そしたら、そうはいえないんだ、これが田舎の断面なんで、伝染するこんな皮膚病は、早く治さなきゃいけないんだ、あの子供の入っていく家を見てみろって。見たらほんとに乏しそうな家なんですね。

瀬沼　それは、先生がどういう考えでやられたんでしょうね。文さんに、自分の文筆の後継者になってもらいたいというようなことかしら?

幸田　いえ、そんなことでなく、ただ、自分の生活だけしか知らないのではしょうがない、という意味で気をつけてくれたのだと思います。女はとかく、自分の一人勝手にしかものを見ないから困るのだ、とよく言われましたが、このおできなんかも、ただきたないといって嫌うだけですませたのでは困る、というわけなのでしょう。

瀬沼　お孫さんの玉子さんに対するのと、文さんに対するのと、差がありましたか。

幸田　似てるな、同じことをお父さんやるなと思ったのは、頭のよくないやつというのは、いとおしいけれども、じれったい、と不機嫌なんです。そのじれったいときには、他人のいい子を、優秀な子を見ていたほうが、かわいいというんですよ。よくもはっきりいったと思うんですけれどもね。それで、「玉子の鈍いところはいやだ」と、はっきりいいましたね。だから、私もそうで、孫もそうかといいますと、「そうだ」って。きつかったですね、あれは。そのあとですよ、「おめえは、この文章を読んでおいてくれ」といわれました。父が文章を書いたなかで、私に、「お前、これ読んでくれ」といったのは、あれ一つだけですよ。「愛」という文章で、慈悲ということを書いた。慈悲というのは、心のあらわれをいうんだ、つらくなって、きゅーッとなる、つまりそういうのが慈悲だ、これが愛だというんですね。こいつのわからないやつは、いくら親に愛情なんということをなまじっかなことでいいかけてきても、相手にならん、おれの書いたものを読んでくれというわけですよ。私の机の上にふうーッとその新聞を投げて、さッと行ってしまった。

瀬沼　そういうことを、先生はたくさん書いておられますね、道徳訓や修養訓みたいなものを。いまの人はあまり書きませんが、昔の人は、だいたい儒教的な素養が多いわけですから、いまおっしゃったようなことと結びついているんですね。つまり、実践道徳からきてるわけでしょうね。

幸田　ですから、私に限っていわせていただけば、教えるということは、肉声と肉体がそこにあって、家庭のなかでいわれるというのは、ずいぶん効果があるんじゃないかということなんです。一人の勉強も私はりっぱなものだと思いますけれども、家の中で伝えるということは、声があって、肉体があって伝えるということですから、かなり印象深いものではないかしらんというふうに思います。

瀬沼　それはききますね。このごろのように、家庭教育をおろそかにしておいて、出てきた結果を、まるで他人がやったような顔をして咎めているのにくらべれば、露伴先生の家庭教育の方法などは、現在もっとも推奨すべきものではないんですかね、逆にいえば。いろんなことが起っても、みんな自分のせいじゃないような顔をして、学校が悪いという。私は学校教師をしているからいうのかもしれませんけれどもね。

幸田　私、ひとりでものを書くようになってから、なにかしたときに、声がほしい、だれかがこれをもういっぺん聞かしてくれたら、私はここで確かだと思うんだけれども、これが足りないなという感じがあって、そういうとき、さびしかったですよ。あまりこういうふうにやられたというのは、やはり一種の弱さだったなという気がしましてね。

瀬沼　でもそれは、私にいわせれば、文さんの欲張りだということになるな（笑）。それはやはり、もうそれを離れたら自分でやらなければならないことなんだから。

先生を囲んでいた友人やお弟子さん、そうした自分より年下の方たちが先に亡くなってしまわれたわけですが、先生、おさみしく思われたでしょうね。

幸田　「おれ一人残ったなあ」といってました。そういうことがありますと、ちゃんとそのときは机を払いまして、香炉を置きましたね。私にいいつけて掃除させて、そこに新しい火を入れて、香をたくんです。なんですか私は知りませんですが、お経を一巻読む。亡くなられた方のお宗旨がなんであるかわからなくても、そうしたやり方で。それがひとつの形になってました。私もいま、どなたかつながりの深い方が亡くなったおりなどは、お線香一本立てて、お経は読めませんから、お辞儀をするだけですけれど、机を払うというようなやり方、そういう形を残してくれたことは、幸せだったと思います。

瀬沼　先生の歴史小説を、一種の叙事詩的なものだとすると、鷗外のほうは、いわゆる客観的な歴史小説ですが、そういうものについて、先生が意見みたいなものをいわれたことはありませんか。

幸田　ほとんど私の前ではなかったですね。父からいうこともありませんでしたし、私からもけっして立ち入らない。もっとも、いっぺん「対髑髏」のことで、ひょっとひと言いったら、開きなおられて、「おっ、その話するんなら、あとで家《うち》に来てからにしてくれ」なんていわれて。それで、行ってみたら机のところで待っていましたよ。ひらあやまり(笑)。

瀬沼　文さんは、逍遥のものや、四迷の『浮雲』などお読みになりませんでしたか。

幸田　女学校の、十六歳ころ読みましたけど、父と話し合わないものというのは、感情が少ないんです。樋口邦子さん(一葉の妹)が時折いらして、一葉の作品のことを父と話しているのを聞いたりして、『十三夜』というのがあるんだなあと思ったりしましたけれど。

瀬沼　もっと小さいころは、どんな本をすすめましたか。

幸田　立川文庫。私が借りてきて読んでいると、「そいつは、おもしれえ」なんていうだけ。

瀬沼　ほう、立川文庫ならいいんですか。それはおもしろい。

幸田　ええ。それとか、「ジゴマ」。

瀬沼　「ジゴマ」や立川文庫が出てくると、これはもう、いまの人には通じないですね（笑）。

＊　＊

せぬま・しげき（一九〇四―一九八八）　文芸評論家。著書に『日本文壇史　続編』『評伝　島崎藤村』など。

幸田文さん

対談者　黒柳徹子

黒柳　今日は、わたくし、大変に長い間、おいでいただきたいとお待ち申し上げてた、女流小説家の方においでいただいております。独特の文体、そして大変に鋭い感性をお持ちで、小説をたくさん書いてらっしゃる方でいらっしゃいます。特に「流れる」、それから「おとうと」は、映画化も、舞台化もされて、ご覧になった方もたくさんいらっしゃると思います。そして、おしゃべりになる言葉も独特でいらっしゃいますし、すべてが独特でいらっしゃるんですけれども、競馬がとてもお好きでいらっしゃって、応援なさるときは、いつも二番目の馬を応援なさるそうでございます。

それから、また芸者置屋さんにご奉公なさったという、ま、いろいろな経歴もお持ちでいらっしゃるお客さま、幸田文さんです。よくいらしてくださいました。

幸田　どうも。

黒柳　ほんと、みんなで楽しみに……。

幸田　は、ありがとうございます。

黒柳　あのう、まずお召し物のことなんですけど、ちょっと伺ったら、なんでも「棒に支えられているような着物」を、ずーっとお召しだった、と。それはどういう……。

幸田　縞を多く着ましたからね。

黒柳　はあ。

幸田　縦の縞、横の縞、格子縞、斜め縞、縞というのは、つまりは棒のようなものでしょ。棒の柄の着物を多く着てきました。中身がよっぽど、くにゃくにゃしてるんじゃないでしょうかねえ(笑)。

黒柳　花模様みたいなお着物は、お召しになったことないんですか?

幸田　あの、それがとても着たくて、着ましたよ。

黒柳　あら。

幸田　そしたらねえ、何となく気持ちも、からだも、こう、にやけてきて、取りまらなくて、おかしげになってダメなんですね。

黒柳　はあ。

幸田　やっぱり着るものって……、相当強い影響力あるんじゃないでしょうか?

黒柳　そうですね。

幸田　バカにできないっていう気がしますね。

黒柳　じゃ、やはりお召しものも、ご自分で、もちろん、全部お選びになる……。

幸田　ええ。そうですね。だから無難なものを選ぶようになりますし、難がないものを選ぶというと、この棒が出てくるわけなんですね。一生棒に支えられて……。ホ、ホ、ホ。

黒柳　フフ、今日は、ほんとに楽しみです。わたくしね、文章拝見して、鋭い感性をお持ちだと、わかってましたけど、今日、ここでお目にかかるんで、「おとうと」を読み直してみたらば、セリフのとこじゃなくて、ご自分の心理描写のところに「だって、なんとかなんだから……」というふうなんで、とっても嬉しくなって。

幸田　どういうこと？

黒柳　率直にお書きになるっていうのか……。

幸田　率直にでも、なんでもなくてね、何と言うかしら、そりゃ、文章の家に生まれはしましたよ。だけどそれとは無縁だったから……。そして、幸か不幸か、その親父さんが死んでから物を書きましたでしょ？　聞くこともできないじゃございませんか。それで、なんでもめちゃくちゃにやっちゃったのね。家の中に流れていた雰囲気みたいなものと、自分の「だって……」とが一緒くたになって、マイ・ミクスチャーみたいになっているんですよね(笑)。

黒柳　マイ・ミクスチャー……。

幸田　そう。それだから、わたくしの書いたものを、叔父が見ましてね、「大変行儀が悪い文章書いてて、おれは恥ずかしい」って、言いました。

黒柳　はあ……。

幸田　ええ。それで、しょうがないでしょ？　どこが行儀が悪いんだかもわからないし、もうこれほか、できないんだから、かんべんしてよ、ということで、かんべんしてもらって……(笑)。

黒柳　フフフ。

幸田　それから、文章の道、習うってこともできませんしね。

黒柳　何歳からお書きはじめになって？

幸田　数えの四十四歳ですね。

黒柳　はあ。

幸田　だから、もう、一生が、たいてい定まったところから始まっちゃったんですから、そりゃもうね、間に合いませんよね。ハ、ハ、ハ、ハ。

黒柳　フッフッフッ。お目にかかるまで、くり返すようでございますけれども、こんなに率直な方って存じ上げてなかったから、びっくりしてるんですけれども……(笑)。

幸田　まあ、その、野育ちだから。もう、おっぽり出されたまんまで、やってきたから、そういうふうになったんでしょうねえ。

黒柳　さっきも申しあげましたけど「おとうと」の初めのほうで、おとうとが幸田さんらしいお姉さんの前をどんどんどん歩いて行く。そこの心理をずっと書いてらっしゃるとき、突然、「だってなんとかなんだから……」と、そこで胸を打たれるんです。

幸田　そう、どうも、まったくめちゃくちゃなんですねえ。

黒柳　でも、めちゃくちゃでは、やはり……。

幸田　初めから、志して文章を書くっていう成り立ちではなかったからですね。はっきり。

黒柳　でも、たくさんの賞、大変な賞を受けていらっしゃるんですけど、それはどういう?

幸田　でも、あれ、賞っていうのね、その人がどれだけ「やったか、やらないか」ということとは違うでしょうね。時の、時間のちょうど、そこへマッチした、というときもあるでしょうし、いろんなことがあるんじゃない?　いろんな巡り合わせとかね。

黒柳　いきなり、こういうお話を伺って恐縮なんですけど、やはり幸田露伴の娘だから、って言われるんじゃ、いやだなっていうお気持ちは、いかがですか?

幸田　あのねえ、勘定してみるとね、露伴の娘ってね、わたくしにとって、プラスの計算のほうが多いんだなあ、マイナスよりね。だって、その、親父が何か、やっといてくれたってことは、わたし、初めから座布団の上に座ったってことでしょう?

黒柳　ええ。

幸田　そうすればそれ、ずいぶん楽じゃない?

黒柳　ええ。

幸田　そういう意味で、プラスとマイナスで勘定してみると、プラスのほうが多いんだなあ。

黒柳　いつごろ、プラスとマイナスの計算をなすったんですか?

幸田　書いてしばらくしてからね。

黒柳　書いてしばらくなさってから……。

幸田　ええ。そのことにこだわってるよりね。プラスのほうを、「ありがとうございます」って素直に頂戴しといたほうがいいんじゃないかしらんと思って……。

黒柳　でも、こだわってらした時期もおありだった?

幸田　というのはね、だいたい……父に愛された子だなあと思ったのは、父が死ぬ頃になってからでしたものね。それまで愛されざる子だと思ってたんです。

黒柳　ずっと、そう思い続けてらした？

幸田　ええ、そう。父にしてみると、姉のほうがいいし、弟のほうがよかったでしょう。そしてわたしはいつでもね、真ん中でもってね、ぺったんこになってましたよ。でも、愛されざる子も、やはり子は子なのであって、それ相当の愛情は、めぐまれていたんだ、と父の亡くなる頃、そう思いましたね。

黒柳　はあ……。

幸田　「それじゃ、もう、おれは死んじゃうけどいいかい？」って言って、死んでったときなんか、一番感じたんじゃないかなあ。

黒柳　お父さまは、亡くなるときに、そんなふうに、「もう死んじゃうけどいいかい？」って幸田さんに、おっしゃって？

幸田　ええ、「もう死んじゃうけどいいかい？」って……。

黒柳　それは、もう大変な愛情のように、お思いなのね。

幸田　そうです。

黒柳　そのとき、ご自分では愛されてないと、ずーっと思ってらしたのに、愛されてた、と思いだしたときは、どんな……。

幸田　全く申し訳ないと思った。理解が、なかったということ……。

黒柳　はあ。

幸田　同時に、その頃、母のことも言われたわね、父に。亡くなる……二十日ぐらい前だったかしら。「おまえは、ふたりの母親に似ている」って言われて。生みの親にも似ている。生母は数えの七歳か八歳のときに亡くなりましたから……。似ているといっても七歳じゃ見よう見真似も、ありはしない。でも生まれついて受け継いだものもあって、似ているところがある。だけど、その後、ずっと育ててもらった継母から受けてるものもあって、いい悪いは別にして、「ふたりの母に似ている」って言われたとき、わたし本当に、があーん!! となって、もう……本当にへこたれちゃった。

黒柳　そうでしょうねえ。

幸田　そしてその何日か後で、父が「この人」……ってわたしのことよ、「この人、どうやってこれから生きていくかと思うと、心配だ」ってまわりの人に言ってました。そしたら、その、そこにいた人が、「何とかやって行くだろう」って言ったら、「そうかな」って言ってね、ほっとしたようにしていたんです。でも、その頃は、こっちもまだ、向こう気が強かったですからね。

黒柳　向こうっ気が？

幸田　ええ。「飴売ったって、下駄売ったって、やっていかあ」って思っていた。そこへ何だか、書くことが転がってきましたんで……。

黒柳　初めは、お父さまのことをお書きになるとか……。

幸田　いいえ、初めて書いたのは父の死の二ケ月ほど前なんです。戦後、急にとってつけたように、文化国家とか、いま文人はどんなふうに暮らしているかということを言った時期がありましたが、それで近況報告のようなことを書くようにって、文学散歩の野田宇太郎さんにすすめられて。それを、父は見ないで死にましたけど。見たら、きっと怒られていたんじゃないですか？

黒柳　じゃあ、幸田文さんの文章というものを、お父さまはなんにもご覧になっていない。

幸田　そう。

黒柳　じゃ、小さいときの綴り方は？

幸田　綴り方なんて、自分で、さっさとやっちゃいました。それに、父のとこへ持ってくほどね、いい子じゃないから。いーっと、(つっぱる形)こうなってるから(笑)。

黒柳　はあ。そういうふうでらして……。

幸田　なにしろ、叱られてばかりいましたよ。「おまえは……」っていうの、なんでも。「おまえは！」って。残念千万ねえ。だけどこっちもやっつけましたからね！

黒柳　あら、どういうふうにお父さまを？

幸田　「器量が悪く生まれたのはお父さんに似ているからで、損した！」「髪の毛、少ないのもお父さんに似ているから損した！」「手がこういう不格好なのもお父さんに似ているから損した！」って、みんな言った！(笑)

黒柳　でも、そういうふうに、はっきりおっしゃるっていうのは、ずいぶん、親しい、というか……言えるっていうことは……。

幸田　それが一生懸命になって、向かっていった。そしたら、そのときに「ゴメン」って言った。「おれに似てて悪かったな、ごめん」って。ちょっといい感じ！(笑)だけどその後、とっても寂しくて嫌な気持ちだったのをおぼえてます。「髪が少ないんなら、見よくするように、お父さんが知恵を貸してやる。かもじ入れればいい」って言うの。助っ人っていうものが世の中にあるんだななんて言ってね(笑いながら)。わたしったら、(ああそうか)と思っちゃって……。

黒柳　あっそう。フッフッフッ。「眉毛が、うすきゃ描けばいい」とも、おっしゃったんですって？

幸田　そうなの。「濃い眉毛の人は、それよりほか、できないけれど、薄い眉毛だったら描きゃいいんだから」って、ただ、そう教えてくれたときに、素直に、すぐ実行しないと、怒ったわね。

黒柳　大変！

幸田　失礼なやつだと。親子といえども、物を教わっておいて、ないがしろにするとは失礼だって。

黒柳　じゃ、かもじを入れればいいっておっしゃったら、すぐかもじを入れてみなくちゃダメなわけ？

幸田　そういうわけ。だけど小さいから、かもじを入れられないわけでしょ？　七つか八つの頃ですから。

黒柳　あら、そんなお小さいときに？

幸田　ええ。そしたら、「それじゃ美男カツラのつゆを、つければいい」って言うから、やったら、美男カツラの汁液って、あれすごい粘着力があるのよね。こうやってつけたときは、きれいになってたから、「まあよかった」と思ったら、時間がたって乾いて、こういうふう(ひきつった顔をしてみせる)になったの(笑)。

黒柳　ハハハ。

幸田　それで「お父さん、こういうふうになっちゃった」って言って……。そしたら、「じゃ、うすくすりゃあいいじゃねえか」なんて……。フフッ。救いの教育よ。

黒柳　本当！　そうですね。

幸田　ええ。なんでも救いでした。わたくし音楽がしたかったのね。親類には音楽をする叔母達がいましたから、自然に音へは親しかったんでしょうか。声が出したかったんです。そしたら、父は「それじゃ、叔母さんのところでテストしてもらえ」って言って。テストしてもらったらば、「うろぬけ声」だってね。真ん中の使いどころが出ないんだって。それは「おまえのお父さんにそっくりで、親ゆずりで仕方がないから、帰ったら、お父さんにダメだと言いなさい」って。そうしたら、「すまなかったな」って言った。

黒柳　フフ。そういう点はお父さまって方は、素直にお認めになるの？　ご自分のせいだって。

幸田　でも考えてみりゃ、あなた、そりゃ詫びちゃったほうが早いわよ。親としては素直です。

黒柳　フッフッフ。今度は文さん、ご自身が、お嬢さまいらっしゃるでしょ？　たま子さま。何かそういうことをお嬢さまがおっしゃったときに、お認めになるほうですか？

幸田　「ごめん」て言う。だけど向こうもね、時代が違いますでしょ、だから取り組み方が違いますわね、おんなし「ごめん」でもね。

黒柳　はあ。

幸田　父が「ごめん」って言ったのと、わたしが「ごめん」って言ったのと違うわけね。だから、向こうがなかなか執念深く、かかってくることもあります！

黒柳　お嬢さまのほうが？

幸田　ええ。

黒柳　お父さまとのことは、お小さいときからはっきり覚えていらっしゃる？

幸田　それがね、わたしはできが悪い子だったから、ひっかかって記憶したんだと思うの。できがよかったら、ツウツウ、みんな流れちゃったんじゃないかしら。できが悪いおかげでね、なんとかのひとつ覚えっていうの？　それで覚えていく。

黒柳　ひっかかり、ひっかかり、いろんなことを覚えて？

幸田　ええ。どっさり覚えられないから、結果としては、教えたほうがロスが多かったわけですね。あの、楔《くさび》っていうのは、崩れそうになるときに効いてくるんじゃないでしょうか？

黒柳　ええ、ええ。

幸田　崩れそうになったときに効いてくるでしょう？　それみたいに、ふだんは忘れてても何かあったときに、「ああ、あんなこと言ってたな」って思い出して。結局、よくおぼえていたことになる。だから、わたくしは、記憶っていうのは、予知ではないかなって思います。将来こういうことがあるっていう下地があると、おぼえてるんじゃないでしょうかねえ。

黒柳　わたくし、若いときに、第一回の文化勲章おとりになったのはお父さま……。

幸田　ええ。そう。

黒柳　……でいらっしゃいましたでしょ？　そのところをお作品で読んで……。あの、わたくし、作家の、大作家のお嬢さんていうのは、そういうふうだと思ってなかったので、びっくりしたんですけど、あの、電光ニュースでね……。

幸田　フッフッフ。

黒柳　お父さまがおとりになったのを電光ニュースでご覧になって、そのときに、何かすごい格好をしてらしたという……。

幸田　ええ。そう。

黒柳　……のをお書きになったの拝見してね、とってもビックリして、すごく印象に残ってたんですけど……。

幸田　はい。酒屋やってましたから。

黒柳　お嫁にいらしたところが？

幸田　酒問屋でしたが、破産しましてね。それでわたくしが小口販売をして、当時、その場をしのいでました。配達なんか自分でしてたわけですね。その配達の帰りに帆前掛け、というのをしめて、そして、空ビンさげて帰ってきた。そしたらタッタッタッて、電光ニュースに「露伴」って字があったの。瞬間、「脳溢血」と、思いました。そしたら、そうじゃなくて、文化勲章いただいたって……、へたへたへた……となったけれどね。

黒柳　へたへたと？　どういうお気持ちだったんですか？

幸田　うーん。これから行こうかなと思ったり、さぞ混雑だろうから、お祝いにこの前掛けかけていったんじゃ悪かろうな、と思ったりしましたね。うーん、でもね、しょうがないでしょ？　酒を商っているんですからね。その手前ものお酒持ってね、行きましたよ。夜ね。前掛けは、外してよ。

黒柳　ええ。お酒をお持ちになって……。

幸田　そしたら喜んでくれた。「ああ、おまえがきてくれたか」って。そのときに、立派な、お喜びの贈物が数々きてましたよ。わたくし肩身が狭かった。だけど、フフ……あのときは、あれでよかったんじゃないかしら、なまじっか、並に暮らして並のことができるよりもね。でも一升ビン持って行くの辛かったなあ！

黒柳　でも、お父さまがお喜びになったこと、はっきりおわかりになった？

幸田　ええ、そう。フフフ。

〔CM放送が間に入る〕

黒柳　フフフフ、今、スタジオの向こうで、生コマーシャルで、着物のコマーシャルをしておりましたら、「ああびっくりした」っておっしゃって、フフフ。

幸田　棒の話、したばっかりなんで……ホッホッ。

黒柳　フフ。お着物の棒の話をなさったばっかりなんで、とてもびっくりなすったそうですけど。ところで、「流れる」をお書きになったときに、あれは花柳界のお話で、それを、お台所から見た作品だ、という方も、たくさんいらしたようですけど、本当に、あの、芸者置屋さんにお勤めになった、奉公なすった、というふうに、ものには書いてありますけど、それはどういうことで……。

幸田　どういうことってねえ、わたしは、はじめ、父の思い出を書いたんでしょ？　それが、材料ですよね。ところが、思い出っていうものは、あなた、後から製造することができないのよ。書いてしまえばそれっきりでしょ？　後は書けない部分ってのが、多少は残っておりますけど、それはもう、なかなか手はつけられませんし、すると困るじゃない？　それに、三行書いても、文章書くと「先生」って言われるんですね。

黒柳　三行？

幸田　三行の短い文章書いても、「先生」。これ違和感ありますよね。

黒柳　あら、じゃ、芸者置屋さんに奉公にいらしたのは、「先生」と呼ばれるようにおなりになってからですか？（びっくりした声）

幸田　そう。それで困っちゃったわけね。それで、それじゃ、自分は自分なりの生き方してみようと。書くことないんだから、ほかの生き方しなきゃならない。何ができるかと思ったときに、自分の財産調べてみたわけですよね。そしたら、なんにも蓄積ないじゃない。何ができるか、っていったら、なんにもできるものないじゃない？　あるのは五体と五感しかなかったわけよ。これ、みんなが持ってるわけでしょ？　売り物にはなりませんわね。しかも、五体、ちょいと悪いところができてたりすると、それは欠陥でしょ？　そうなったら、わたしのできることってのは、長年してきた台所よりほかにないと思って。そして、あちこち行ったんですよ。その前にね、犬屋さんへ行ったり……。

黒柳　そうなんですってね、犬屋さん、いかがでした？

幸田　ううん、テストで、ハネられちゃったの。

黒柳　どうして？

幸田　あのね、年が悪いって（笑）。

黒柳　フフフフ。

幸田　それがね、四十いくつでしょ？　すると年が悪いって。「犬の世話するより、適当な、おじいさんの世話したほうがよかろう」って言われてね。憤慨したわけよね。犬は血統書がついているから、並の人間より価値があるって。

黒柳　フフフ。

幸田　犬のお世話する人間というのは、どっかへ行って引っ張ってくりゃ、代わりはいっぱいいるんだからってね。それに保証のなんのって……狂犬病のね……保証のなんのっていわれたんじゃダメだ。そんな、うるさいことというやつは、使わないって。

黒柳　そういうときは、全部その、幸田露伴という人の娘だということは、何もおっしゃらずに……。

幸田　ただいきなり、そこに、「求人」と書いてあるとこに行くのよ。

黒柳　わあー、で、犬屋さんのほかにもどこかにいらしたんですか？

幸田　犬屋さんのほかにね、表札書く人……往来《おうらい》で！

黒柳　へえー!!　字はお上手なの？

幸田　字はお上手じゃないの（大笑い）。これがね、刑罰に等しいくらい、嫌いなんだけどね、「なあに書いちゃえばいい」ということでしょう？

黒柳　ええ。そう。

幸田　その人、コンクリートの上に座ってんのね。「並や、一通りじゃない」って、「やめたほうがいい」って、そのおじいさんに言われちゃったの。そしてあちこち、いろいろね、中国料理屋さんとか行ったんですけどね。みんなうまくなかったですわ（笑）。パチンコ屋さんへも……。

黒柳　パチンコ屋さんも？　パチンコ屋さんは？

幸田　ダメだったです。パチンコのところにいる人には向かないって。だからパチンコ屋の主人のプライベートの住いのほうへ行けって言われた。そしたら、そこがたいした立派なお住いでね、ちょっとわたしごときが行って、何か、できるようなもんじゃないのよ。それで恐れをなして帰ってきたの。

黒柳　ずいぶんいい暮らしをしているパチンコ屋さんだったんですか？

幸田　そう。それでね、長年、知ってる人がね、見るに見かねてね。「なんかお勤めして暮らしていきたいっていうんだったら、それじゃ、女中さんやったらどうか」って。一番ぴったりでしょ。それで、そこで紹介していただいて……。

黒柳　それはもう離婚をなすった後……。

幸田　ええ。父の没後とにかく一度綴り方をした後のことです。

黒柳　そうすると、そこの芸者置屋さんにいらっしゃって、本当にそこの女中さんのようにお働きになったんですか？

幸田　はあ、とても、「やっぱりたいした立派なもんだな」と思いました。あのね、一番初め部屋へ入って行きますでしょ？　そのところから、もう試験なんですよね。

黒柳　へーえ。

幸田　おねえさんと呼ばれるそこのご主人がね、こうまともに、ゆっくりと、じろじろと見るんですね。そして、「あなたの前の生活が何であろうと、今ここへ来ているのは、女中として来てるんで、わたしたちは、それであなたと付き合うんだけど、いいでしょうねえ？」ってやられちゃったのよ。フフ、それがまた、きれいな人で、堂々としているの。とってもきれい。「きれいってこういうことなんだな」ってわかりましたけどね。たくさん、いろんなものを教えてもいただきました。やっぱり、芸者さんていうの、職業として伝統がありますからね。そこで培われているものがあって、立派だと思いました。

黒柳　どのぐらい、おつとめでした？

幸田　たったのね、四ケ月くらいです。体を悪くして帰ってきました。

黒柳　そのとき、ずいぶんお体を悪くなすったんですって？

幸田　そうね、ちょっとね。やっぱり……。

黒柳　大変ですか？

幸田　いや、ご用は大変なことないんですけどね。気持ちが……きっとつとめ励んだからでしょうね。

黒柳　つとめ励んだ結果、お体悪くなすった。でも、もちろんそれは、ま、作家として何かお書きになる材料も探してらしたけど、実際、生活をなさるってことも……。

幸田　成り立つと思いました。だって、あそこで働いていたときね、買われたんですものね。よそへ……何しろね、能力があれば、すぐ買われるんですよ。

黒柳　その、お手伝いさんで、初めお入りになってても、能力があったら……。

幸田　よそが、買いにきます。

黒柳　よそのおうちで？

幸田　はい。引き抜き。ええ。しかも銭湯に行ってるときなんか、裸で……。「ちょいと、うちのほうへ来ない？」って「あんたいくらもらってるの？　それより色つけて出すわよ」なんて言ってね。いろんなとこから、わかるらしいんです。八百屋や魚屋から「今度あそこへ来たの目が見えるよ」っていうこと。「ちょっとしたことならできるよ」っていうわけでしょ。それでちょっとした台所作業ができるということを買われるわけです。だから、気持ちはいいですね。

黒柳　はあ、実力の世界ですね。

幸田　そうですね。

黒柳　今、お書きになるものは、どんなふうな……。

幸田　それで、なんとかかんとかやってきましたけれども、わたし、物を書いたっていうのがきっかけで、四十過ぎにもなってから、とてもいろんなこと、思わないことに出合いましてね。奈良のほうのお寺さんの塔を建てるのをお手伝いしたり……。

黒柳　塔を建てるお手伝い？

幸田　ええ。つまり土木でしょ？　そういう、いままでに関係のないことの、お手伝いしたり。それから、山へ木を見に行くようになったり。続いて、そこから……なんていうんですか……　木を見ればどうしても土を見なくちゃならないのよ(笑い声で)。

黒柳　ええ。

幸田　そうすると、山の崩れなんてものに、崩壊地？……。そんなのに突き当たりますし、今度は崩壊地から流れ出た川っていうのは暴れ川になるんですね。で、これが、流域を潤《うるお》わさないんですね。壊したりなんか、ばっかりいたしますでしょ？　今度は、その川が海岸へ流れていくと、海岸を荒らすんです。そういうような、大きな自然のサイクルみたいなものへ突き当たりましてね。あの、書けるか書けないかは知りません。そんな大きな材料はね。だけど、自分は興味をそこへ寄せて、老後は、そういうことになりましたね。

黒柳　じゃやはり、旅をしてお歩きになったりも、多いわけですか？　いままで。

幸田　ええ。でもその旅はちょっと変わった所へ行かないとねえ、そんな崩れ、なんてないでしょう？　だから、名所旧跡なんかではなくて、変な所ばっかり歩いて……。

黒柳　地崩れとか、それこそ「流れ」とか……。

幸田　そうです。そして、今は、海岸へご縁があって、海岸……、砂が飛んでとても、宅地の方まで荒らしてしまって、さびれてしまうような荒廃の海岸ね。松がね、黒松が砂防林としてそこで、まあ力を出すわけですよね。その松は、苦労してますよ。その寒い風に当たったり、雪にとざされたりしながら、生きていくんですけど、そこいらのところを今、面白いなあ、と思っているところです。

黒柳　それから、競馬のことなんですけれど……。

幸田　競馬?

黒柳　ええ。競馬がとっても好きでいらっしゃるって……。

幸田　ええ。そりゃあ、生きものが好きだったから……。まあ好きで、見に行って……。あれは短い時間で決着つきますねえ。

黒柳　ええ。それで競馬場にもいらして……。

幸田　ええ、そう。とても、お馬さん、わたしいいなあと思いますねえ。

黒柳　でも二等がお好きなのは……応援なさるってのはどういう……。

幸田　とにかく先に行くものより、そこを抜こうとしているものの勢《いきお》いっていうの、わたし好きですね。

黒柳　はあ。

幸田　だから二番手がトップになると、またその次の二番手を応援するんですよ。だから、どれが勝ったんだかわかりゃしないんですよ(笑)。

黒柳　ハハハ。

幸田　今は、もういたしませんけれど、馬券なんか買ったって、自分の馬がどこを走ってるのか何が何だか、もうどうでもいいんです。ただ、その、競《せ》って行くのが面白くってね。それに、中には、やる気のないお馬さんもいますしね。

黒柳　へーえ？

幸田　すっとこ、すっとこ、駆け出しているのもいるしね。なかなかいいですよ。

黒柳　はあ。

幸田　どうか、ぜひご覧になってください。

黒柳　はい。フフフフ、見させていただきます。あのう、本当に、まだお話たくさんしていただきたいので、ぜひ、おいやでなければまた……。

幸田　はい。ありがとうございます。

黒柳　いらしていただきたいと思っております。お父さまのお話だけじゃなくて、弟さんのお話とか、お姉さまのお話も。

幸田　はい。

黒柳　でも、今、みなさん、もういらっしゃらなくなったんですって？

幸田　はい。わたくしだけ残っています。それでも割合にね、元気で。はい。フ、フ、フ。

＊　＊

くろやなぎ・てつこ　女優、司会者、エッセイスト。一九七六年から「徹子の部屋」の司会を務めている。著書に『窓ぎわのトットちゃん』『小さいときから考えてきたこと』など。

解説　心をつぐ言葉

堀江敏幸

ほとんど無意識におこなっている身振り手振り、そして口ぶりのなかに、身近にいた親の教えが顔をのぞかせる。この世にいなくなってしまった彼らのことを考えているときではなく、第三者と相対してまったくべつの話をしているときにそれは如実にあらわれるのだが、多くはその教えをうまく消化できなかったとの後悔の念をともなう。

幸田文と露伴の関係を支えているのも、亡き父の言葉の真意を、自分はものを書くようになるまで理解できなかった、しかし気づいた以上、これからは、という前向きの悔いである。壮年期の露伴はかなり荒れていて、手をあげることもあったので、娘は父をあまり好いていなかったらしい。だが双方の苛立ちや不満は、娘が幸福とは言い切れない結婚生活を経てふたたび暮らしを共にするようになってから、徐々にやわらいでいった。

露伴は理論と実践の、双方の均衡を重んじた。文字から得た知識が生活のなかで具体的な行動になり、ひとつの経験として蓄積されていかなければ納得せず、料理や掃除はもちろんのこと、薪割りから化粧に至るまで、あらゆる分野にわたって細かい手本を用意し、あるときは直截に、あるときは迂遠なやり方で娘に伝えた。露伴の教えは、それに堪えてさえいれば、いつのまにか血液中に酸素を取りこむ力が上がっている、高地トレーニングのようなものだった。いわゆる促成のスパルタ式ではないから万事に時間がかかる分、深く身に染みて、後々、日常のさまざまな場面でごく自然に滲みだした。

あらかじめ考えておいた台詞でもないのに、ここという一点ですっと息を吐くように出てくる表現の数々は、対話者がいてこそ引き出されたものであると同時に、独白として立ちうる強さをも備えていた。搦め手からやってくる露伴の、十手どころか二十手詰めの筋を二通りも三通りも用意して平気な顔をしている言い回しに比べると、幸田文のそれは、まさしく五重塔のように地中深くからまっすぐ生え出ていて、心棒にゆるぎがないように見える。露伴のほうがむしろたおやかと言いたくなるほどなのだ。自分の粗忽さ、不器用さを申告する際のいさぎよい語調が、かえって娘としての想いを表に出すことに貢献している。たとえば、父と酒のことに触れて、彼女はこう述べている。

酒屋にも嫁に行ったし、それから、そういう酒好きな父を持ったしするけど、こうして、死なれて十年たって見ますと、いいお酌というものは、私はいっぺんもできなかったような悲しみが残っております。それはねえ、この間、あるところに参りましたら、ものを食べさせるうちの、まあ、女中さんといいますか、別になんということないおばあさんなんですけど、その人が、お酒をついでくれますのが、本当に年よりですから、しわだった手で不器用に、ただ、ついでくれるのですけれども、徳利の中から出てくるお酒は、その人が心を傾けて、ついでいるという風なんでございます。私はお酒を飲みませんけれど、ヒョッと見ましたとき、からだ中の毛穴が立ったような気がして、「ああ、お酒は、こう、心をしてつぐものなのだ」と思いまして、私は、父にも亭主にも――好きな人にも――お酒を、ツイ、うまくついだことがない、雑な女だったという感じがして、実に後悔したのでございますよ。お酒というものは、心をつぐものでございますねえ！

手練れの小説家が原稿用紙のうえで練りに練ったとしても、これだけの言葉数で、これだけの内容を表現するのは容易ではない。それを彼女は、瞬時に、口頭で、上から下へと水を流すように語ってみせるのだ。これは話芸ではない。「芸」の厭味はどこにもないからだ。それでいながら、言葉の拍、一文一文の色彩、語られた内容の鮮やかな残像と全体に漂う色香のすべてがなめらかにつながっている。つまり、ここで発揮されているのは、教育の成果として凝り固まった「型」ではなく、心棒は立てたまま、相手や話柄に応じて自在に姿を変えていくことのできる、野放図で柔軟な現場感覚なのだ。

ところで、「型」といえば、江戸川乱歩との対話のなかで、小栗虫太郎について述べているくだりがじつに興味深い。

父は、この人かたまりそうだっていうんです。それをかたまらないで、もっといけばいいのにっていってました。(略)形ができてしまって、外へひろがらなくなりそうだっていうんで、それが気になるけれども、もっとひろがっていけば、面白いのにって。

父親は娘に、じっくり「型」を仕込んだ。しかしその「型」が窮屈な「形」になって広がりをなくし、内に閉じるようなことがあってはならず、「かたまらない型」を身につけてはじめて、ものごとの「模様」を掴むことが可能になるとも教えたのである。露伴は将棋好きで知られていたが、その将棋は「模様の美しさを考えながら指す」ものだった。定跡にしたがって手堅い方を選ぶと「模様が平凡でおもしろくない」、ただ「模様を考えて指すような将棋は勝負師じゃない」から、自分は素人でいいというのである。現在の棋士のなかには、棋譜は、ことに投了図は美しい方が好ましいとする者もいる。陣形が崩れるぎりぎりのところで負けを認め、残された堡塁の美を守るというのだろうが、露伴における「模様」は静止画像ではなく、展開や過程といった動きを含んだものである。どんなふうに相手の型を崩して、盤上の展開をまぎれさせるか。それは状況をただ複雑にすることではない。相手にも自分にも厄介な一手を選びながら、最終的にはそれが近道であることを示すための方法だった。高橋義孝との対話で、幸田文はこう語っている。

いまの方ってとても結論だすのが早くて、そりゃ結論が早く出ればどんどん進歩するんですからようございますけれど、ある時間かけなくちゃならないことは、すこし余裕持った気持になっていただきたいって思うんですよ。

ことに人の心の影なんていうものねエ、時間かけて見るというゆとりが一方になければ、やはりまたまちがったところにゆくのではないかという気がいたしますね。

専門の書にあたり、研究の成果を吸収しながらも、露伴は全身全霊で素人たらんとした。将棋名人の木村義雄が断言したとおり、露伴は「素人の天才」であって、ものを見る眼を、警部や刑事ではなく「私立探偵」的な立ち位置で養ってきたのである。父と娘の逸話のひとつに、一種の推理ゲームがあったとの証言は、その意味で無視することができない。十七、八歳の頃、幸田文は露伴と列車に乗るたびに、乗客がどういう人間かを、身なりやたたずまいから類推していた。卓越した観察眼は、最初から備わっていたわけではなく、反復によって磨き上げられたのである。彼女は来客の履き物を見て、どの道を歩いてきたかを当ててみせた。ついていた花粉から正解を導き出して、褒められたこともあるという。ふたたび乱歩との対話に戻ると、彼女はこう語っている。

それから、夕立ちがあったときに駈けこんでいらしたお客さまがあったのです。

そうしたら背広の背縫いが縮れていまして、私はどうしてもそれが気になって、奥様がミシンをよくなさるんじゃないかって聞きましたら、そうだっておっしゃったのです。(略)

糸がつれるんですね。玄人さんと違って、ぬれるとね。そこはやっぱり玄人さんの仕立ては、糸だけが縮むなんていうことはない、上糸と下糸がうまく合っているのですね。

推理小説の大家を前にしての、さりげない戦果の披瀝のなかに、露伴とはべつの読み筋が示されている。右の指摘をそのまま受け取ると、背広の主の妻の、洋裁の腕前をけなしているように聞こえるけれど、そんなことはない。経済的不如意をいやというほど経験してきた彼女は、仕立屋に頼まなかった女性の心にも想いを寄せている。そのうえで、玄人がなぜ玄人と呼ばれるのかを、憶測や感情論で述べず、「上糸と下糸がうまく合っている」という具体的な技術の有無を挙げることによって両者を公平にもちあげ、妻の心の手の入った背広を着てくる男性の、背中の表情をも現出させてしまうのである。

雨の日の、背縫いの縮れを語る声のなかには、順を追う理の動きと、実体験をともなってはじめて稼働する情の動きがある。露伴は「お前の考えはしょっちょうまっ直ぐには行かないで、こういうふうにはすかいに飛ぶ」と娘を叱った。しかし、それはまた、規則があっての変則であり、将棋で言えば「桂馬筋」に近い。それは娘の玉子が母の特徴として指摘した、「原っぱ」の思想にも通じている。原っぱには限定された自由がある。その自由は、たっぷり時間を掛けるべきところはゆっくりと、そうでないところはまっすぐにやって、中途半端な順路だけは避ける露伴の教えと少しも矛盾しない。

　露伴が死んで、他の人々といやおうなしにつきあうようになったとき、幸田文の目には、男性がみなやさしく感じられた。ただしそれは「たいへんにへだたりのあるやさしさ」で、ひどく戸惑ったという。若い頃感じていた父とのへだたりの意味が反転し、正反対の意味を持ち始めたのだ。やさしさの捉え方の変化ひとつにも、露伴の教えはしっかり刻まれていたのである。

　幸田文の話し言葉は、時代の雨に濡れても、つれたりしない。上糸と下糸が心で合わせてあるからだ。彼女もまた、ミシンの玄人の実力を認めつつ、それ以上のことをさらりとこなしてみせる、「素人の天才」だったと言えるかもしれない。

（ほりえ　としゆき・作家）

初出一覧

今回の文庫化で、新たに追加された対談に＊印を付した。

「ふたつの椅子」(高田保)　一九四九年十一月六日『週刊朝日』
「父と娘」(小堀杏奴)　一九五〇年二月十五日『毎日グラフ』第三巻四号
「幸田露伴の生活学校」(高橋義孝)　一九五三年一月一日『婦人画報』第五八〇号
「写真は娘への遺産」(木村伊兵衛)　一九五四年十一月一日『日本カメラ』第53号
「父・母のこと」(志賀直哉)　一九五六年三月一日『心』第九巻三号
「心をつぐ――幸田露伴翁と酒」(伊藤保平)　一九五六年九月一日『酒』第四巻八号
「幸田露伴と探偵小説」(江戸川乱歩)　一九五七年八月一日『宝石』第12巻10号
＊「雑談　桂馬筋――父露伴と将棋」(角川源義)　一九五七年九月『将棋世界』第二一巻九号
「リレー対談」(木村義雄)　一九五八年四月十六日『内外タイムス』第四一五五号
「番茶清談」(山縣勝見)　一九五八年七月二十一日『中外海事新報』第四〇五号
「父・露伴」(中山伊知郎)　一九五九年十二月二十七日『読売新聞』第二九八六六号
＊「二代目の帳尻」(犬養道子)　一九六二年八月一日『風景』第3巻8号
「幸田露伴」(山本健吉)　一九六三年一月十九日『日本現代文学全集』(講談社)第六巻月報

＊「父・露伴を語る」(三国一朗)　一九六三年八月十日『大信』第85号
「いい音・わるい音」(安藤鶴夫)　一九六七年一月二十八日『国立劇場邦楽鑑賞会第二回プログラム』
「父・露伴」(瀬沼茂樹)　一九七〇年一月五日『日本の文学』(中央公論社)第一巻付録71
＊「幸田文さん」(黒柳徹子)　一九八六年九月三日『徹子の部屋　4』(全国朝日放送株式会社)

本書は、一九九七年三月、『幸田文 対話』として、岩波書店より刊行された。文庫化に際し、新たに十一篇の対談を追加して、『増補 幸田文 対話』(上・下)とした。

各篇の収載にあたり、著作権者の御承諾をいただくため努めましたが、御連絡のとれなかった方がございます。著作権者についてお気づきの方は、ご連絡をいただけますようお願いいたします。

増補 幸田文対話（上）――父・露伴のこと

2012年8月17日　第1刷発行

著　者　幸《こう》田《だ》　文《あや》他

発行者　山口昭男

発行所　株式会社　岩波書店
〒101-8002 東京都千代田区一ツ橋 2-5-5

案内 03-5210-4000　販売部 03-5210-4111
現代文庫編集部 03-5210-4136
http://www.iwanami.co.jp/

印刷・精興社　製本・中永製本

© 青木玉 2012
ISBN 978-4-00-602206-8　　Printed in Japan

岩波現代文庫の発足に際して

新しい世紀が目前に迫っている。しかし二〇世紀は、戦争、貧困、差別と抑圧、民族間の憎悪等に対して本質的な解決策を見いだすことができなかったばかりか、文明の名による自然破壊は人類の存続を脅かすまでに拡大した。一方、第二次大戦後より半世紀余の間、ひたすら追い求めてきた物質的豊かさが必ずしも真の幸福に直結せず、むしろ社会のありかたを歪め、人間精神の荒廃をもたらすという逆説を、われわれは人類史上はじめて痛切に体験した。

それゆえ先人たちが第二次世界大戦後の諸問題といかに取り組み、思考し、解決を模索したかの軌跡を読みとくことは、今日の緊急の課題であるにとどまらず、将来にわたって必須の知的営為となるはずである。幸いわれわれの前には、この時代の様ざまな葛藤から生まれた、人文、社会、自然諸科学をはじめ、文学作品、ヒューマン・ドキュメントにいたる広範な分野のすぐれた成果の蓄積が存在する。

岩波現代文庫は、これらの学問的、文芸的な達成を、日本人の思索に切実な影響を与えた諸外国の著作とともに、厳選して収録し、次代に手渡していこうという目的をもって発刊される。いまや、次々に生起する大小の悲喜劇に対してわれわれは傍観者であることは許されない。一人ひとりが生活と思想を再構築すべき時である。

岩波現代文庫は、戦後日本人の知的自叙伝ともいうべき書物群であり、現状に甘んずることなく困難な事態に正対して、持続的に思考し、未来を拓こうとする同時代人の糧となるであろう。

（二〇〇〇年一月）

B157
わた史発掘
―戦争を知っている子供たち―
小沢昭一

「昭和の長男」である著者の自分史発掘。昭和4年の出生から24年の俳優座養成所入所まで。激動の時代を歩んだ「お父さんの昭和史」。〈解説〉川本三郎

B158
増補 日本美術を見る眼
―東と西の出会い―
高階秀爾

日本独特の美意識とは何か。西洋と比較した日本美術の特質を浮かび上がらせ、日本人の精神文化の神髄にせまる卓越した比較文化論。

B159
二つの同時代史
大岡昇平
埴谷雄高

戦後文学の二巨匠が、青春、戦争体験、文学的出発、戦後文学、安保闘争、赤軍事件と、時代を交錯させながら縦横に語る連続対談。〈解説〉樋口覚

B160
源氏物語の始原と現在
―付 バリケードの中の源氏物語―
藤井貞和

夜のしじまに語られた源氏物語生成に関わる深い闇、異界との緊張。若き日の著者が、物語の生成と展開を渾身の力で解明した労作。〈解説〉関根賢司

B161
推定有罪
笹倉明

日雇い労働者の町で殺人犯にされた男を必死に弁護する若き弁護士の苦闘。日本の刑事裁判の歪みを象徴する事件を描き出す傑作ノンフィクション・ノベル。〈解説〉野村吉太郎

2012.8

岩波現代文庫[文芸]

B162
私の信州物語
熊井 啓

信州に生まれ育ち、信州の人間と自然を愛した社会派映画の巨匠・熊井啓。青春時代の体験が自己の映画の核であると語る著者の原点。〈解説〉熊井明子

B163
モーム語録
行方昭夫編

自分の好奇心のままに人生と人間を眺めた文学者モーム。融通無碍でちょっとシニカルなその言葉は、閉塞する現代社会に風穴を開ける!

B164–165
考証 永井荷風(上・下)
秋庭太郎

永井荷風の精緻な評伝。上巻は両親の家系、明治十二年の出生から大正末年まで、下巻は昭和三十四年の死までを扱う。荷風の交遊関係を網羅。〈解説〉中村良衛

B166–167
湿原(上・下)
加賀乙彦

学園紛争の時代に出会った心病む女学生と中年男。新幹線爆破の嫌疑で捕われ、冤罪を訴える二人の長き闘いが始まる。魂の救済を問う感動長篇。〈解説〉亀山郁夫

B168
大阪ことば学
尾上圭介

なんなと言わな、おもしろない。人間はしゃべってなんぼ。笑わしてなんぼ。笑い指向と饒舌の背後にある大阪文化の本質を説きあかす。〈序文〉金田一春彦・〈解説〉井上 宏

2012.8

岩波現代文庫［文芸］

B169
グスタフ・マーラー
―現代音楽への道―
柴田南雄
マーラーの作品の背後に非西欧世界にも及ぶ広大な音楽文化圏の存在を見いだし、現代音楽への道を切り開いていった彼の歩みを跡づける。岩波新書版を増補。〈解説〉岡田暁生

B170
オノマトピア
―擬音語大国にっぽん考―
桜井順
「オノマトペ＝擬音語」と「ユートピア＝理想郷」の合成語「オノマトピア」。その世界を、捻りの効いたエッセイとガクモン的考察で説き明かす抱腹絶倒の批評集。

B171
詞華断章
竹西寛子
万葉・古今から芭蕉・蕪村まで、季節のうつろいに響きあい、忘れえぬ時を呼びおこす古の歌蔵。生の鼓動を伝えるエッセイの精華。〈解説〉辻邦生

B172
戦艦武蔵ノート
吉村昭
「嘘ついてやがら。」自分がみた、本当の戦争を伝えるために、「武蔵」を書くのだ――。作家を突き動かした『戦艦武蔵』執筆の経緯をたどる取材日記。〈解説〉最相葉月

B173
ある補充兵の戦い
大岡昇平
太平洋戦争末期、35歳で召集された大岡が、フィリピンで戦い、米軍捕虜となるまでの体験と復員を描いた作品集。〈解説〉川本三郎

2012.8

岩波現代文庫[文芸]

B174
私のシネマライフ
高野悦子

女性として初めて劇場総支配人となり、世界の名画上映にあらゆる情熱を注ぎこむようになった高野悦子氏の、悔いなき自分史。

B175
絢爛たる影絵 小津安二郎
高橋治

巨匠・小津安二郎の人間と作品の魅力を、「東京物語」の助監督をつとめた直木賞作家が見事に描き出したノンフィクション・ノベル。〈解説〉E・G・サイデンステッカー

B176
俳句のユーモア
坪内稔典

俳句はいろいろな読み方をしていい。秀れた俳句であればあるだけ、ユーモアを湛えているもの。ネンテン先生が説く、俳句の楽しみ、その広がり。

B177
日本の音を聴く 文庫オリジナル版
柴田南雄

日本古来の楽器や芭蕉の句などに独自の分析を展開し、民俗芸能・社寺芸能を素材にした合唱作品・シアターピースを自己解説する。〈解説〉田中信昭

B178
磔のロシア スターリンと芸術家たち
亀山郁夫

スターリンによる大粛清の時代を潜った芸術家たちは、「独裁」といかに闘い、生き残り、死んだのか。著者入魂の大佛次郎賞受賞作。

2012.8

岩波現代文庫［文芸］

B179
日記をつける
荒川洋治

古今東西、人はどんな日記をつけてきたか。様々な文学作品から日記をめぐる情景をひきつつ、日記のつけかた、広がりかた、その楽しみかたをやさしく説く。

B180
王権と物語
兵藤裕己

芸能民の鎮魂としての語りが、王権的秩序に取り込まれ文字テクスト化される過程を解明する、物語論の必読書。〈解説〉木村朗子

B181
日本の鶯 堀口大學聞書き
関 容子

マリー・ローランサンは、なぜ堀口を「日本の鶯」と呼んだのか。大詩人が最晩年に、エスプリあふれる言葉で恋と文学と人生の来し方を回想する。〈解説〉丸谷才一

B182
私語り 樋口一葉
西川祐子

一葉の日記をもとに一人称で書かれた評伝。死に臨み幼年時代、萩の舎入塾と半井桃水との出会い、名作の執筆と絶賛が追憶される。

B183
牛 築 路
莫 言
菱沼彬晁訳

中国の寒村に生きる庶民の生と死を凝視し、暴力という秘儀体験と生命の儚さを描く。文革期農村を描いた現代中国文学の旗手による秀作。岩波現代文庫オリジナル版。〈解説〉飯塚 容

2012.8

B184
我的中国
リービ英雄

中国の路地裏を歩き、広大な風景の回廊に佇み、何を見たのか。庶民の肉声、歴史に堆積された想念との出会いから紡ぎだした私小説的紀行文学。

B185
市川海老蔵
犬丸治

『市川新之助論』以来舞台を凝視してきた著者が、十人の海老蔵の芸の魂を自らに襲ね新生への一歩を印すべきことを願う渾身の海老蔵論。

B186
「赤毛のアン」の人生ノート
—あなたの夢が実現できる7つの鍵
熊井明子

クリエイティヴな想像力を持つことの大切さを説くL・M・モンゴメリの『赤毛のアン』。7つのキーワードから読み解く、よりよく生きるための人生ノート。

B187
小津安二郎の反映画
吉田喜重

監督吉田喜重が映像作家として巨匠と対話し続けた三十数年の蓄積から、通説を覆す作家像を描き出す。海外で翻訳され高い評価をえた、映画作りの内側からの映像論。

B188
無風の樹
李鋭
吉田富夫訳

文化大革命期の中国山西省呂梁山脈奥地の「小人村」。尖鋭な政治闘争を背景に、貧困、苦難、死に直面する人々を突出して描く小説。岩波現代文庫オリジナル版。

B189
カクテル・パーティー
大城立裕

沖縄初の芥川賞受賞(一九六七年)の表題作のほか、日本語版未公表の「戯曲 カクテル・パーティー」をふくむ傑作短編全5編を収録。〈解説〉本浜秀彦

B190
黙阿弥の明治維新
渡辺 保

明治維新前の小団次らとの協働の検証と維新後の散切物の読み込みを通して、黙阿弥こそが日本の近代演劇の始祖であると主張する刺激的な評伝。

B191
日本語を書く部屋
リービ英雄

日本語を母国語としない西洋出身者(米国人)で初の日本文学作家となった著者による、体験的日本語論と〈越境〉をめぐる鮮烈なエッセイ。〈解説〉多和田葉子

B192
湖の南
—大津事件異聞—
富岡多恵子

津田三蔵巡査がロシア皇太子を襲撃した動機とは何か。新史料・津田三蔵書簡を読み解き、大津事件(一八九一年)の謎に迫る異色作。〈解説〉成田龍一

B193
荷風文学みちしるべ
奥野信太郎
近藤信行編

荷風に傾倒した奥野信太郎の「荷風論」を、初めて集成して1冊にまとめる。荷風文学への最良の案内書でもある。荷風愛読者の待望の一冊。岩波現代文庫オリジナル版。

B194
李香蘭と原節子
四方田犬彦

ともに一九二〇年に生まれ、日本映画史において対照的な役割を演じてきた二人を懐古趣味や神話化とは一線を画してジェンダーとナショナリズムの視点から考察する力作。

B195
郊外の文学誌
川本三郎

東京の「郊外」の発展と文学芸術作品との関わりを論じた評論集。鉄道や住宅開発の歴史にも及ぶ。郊外の新興住宅地は、個の姿が見えてくる新しい場所であると語る。

B196-197
田辺元・野上弥生子往復書簡（上・下）
竹田篤司
宇田健編

時代を代表する哲学者と作家、しかも同年の男性と女性が、高度に知的な愛情関係をもちながら、文学と学問を親しく論じ合った往復書簡集。〈解説〉加賀乙彦（上）、小林敏明（下）

B198
わが荷風
野口冨士男

若い読者のための荷風案内。作品の背景となった土地を歩きながら、荷風の生涯と作品の特色、作風の推移の全貌を分かりやすく語る。〈解説〉川本三郎

B199
「菅原伝授手習鑑」精読　歌舞伎と天皇
犬丸治

「菅原伝授手習鑑」の中の天皇像から日本人の心性を探る。天神伝説や牛飼舎人などの設定の意味を読み解き、聖俗の対極をつなぐものを明示する。岩波現代文庫オリジナル版。

2012.8

B200
潮風の下で
レイチェル・カーソン
上遠恵子訳

米国大西洋岸での鳥類、魚類、哺乳類等の生態をいきいきと描いた海の大叙事詩。自然文学の最高傑作。著者の第一作であり原点である。〈解説〉鈴木善次

B201
孤獨の人
藤島泰輔

今上天皇の皇太子時代、「ご学友」だった著者が学習院高等科を舞台に一九五六年に著して大きな反響をよんだベストセラー学園青春小説。〈解説〉河西秀哉

B202
詩とことば
荒川洋治

詩とは、なにをするものなのか？　詩をみつめる。詩を呼吸する。詩から飛ぶ。現代詩作家が、詩の生きる時代を照らしつつ、詩という存在について分析する。

B203
花のもの言う
―四季のうた―
久保田淳

春夏秋冬それぞれの季節を彩る花、植物、風物を詠った中世歌人の優れた和歌を広く紹介して、歌に込められた古人の自然観、美意識を解き明かす。古典詩歌の魅力を探る随想集。

B204
俳人荷風
加藤郁乎

荷風は、その生涯に約八〇〇余の俳句を残した。江戸俳諧の伝統を踏まえた荷風俳句を味読することで、荷風の人と文学の新たな魅力を探る。岩波現代文庫オリジナル版。

B205
白い道
吉村昭

戦争に負けるということは白いことなのだ──。作家の歴史観の起源に迫るエッセー集。その筆が問いかけつづけてきたものに、いま、対峙する。〈解説〉川西政明

B206
増補 幸田文対話(上)
──父・露伴のこと──

対話の名手として知られた幸田文の各界の著名人との対談をまとめる。上巻では、父・露伴について歯切れのよい語り口で語られる。新収録の対談を増補した。〈解説〉堀江敏幸

2012.8